Jacob Grimm
Wilhelm Grimm
Johann Wolfgang von Goethe
Ohgai Mori

Sherwood Anderson
William Faulkner
Norah Lofts

救いと寛容の文学

ゲーテからフォークナーまで

Herbert George Wells
Aldous Leonard Huxley

William Bradford
John Wintrhop
John Wintrhop Jr.
Benjamin Franklin

今村　武
内田　均
川村幸夫
佐藤憲一

春風社

前言

本研究書は、イギリス・アメリカ・ドイツを主たる研究対象とする文学・文化史研究者四名による、数年間にわたる共同研究の成果をまとめたものである。

本書を上梓するに至るその発端は平成二十年、日本人間関係学会に「文学と人間関係部会」が設立されたことに遡る。以来、部会長を務める川村幸夫先生を中心として人間関係から文学を読み解くという方針のもと、研究発表会と学会の全国大会における自主シンポジウムの開催を毎年継続してきた。研究活動の積み重ねは、本研究会の前著ともいうべき『人間関係から読み解く文学』（開文社出版）の出版に結実した。その後も共通の問題意識をもとに継続してきた研究会活動の成果が本書となる。

平成二十六年に上梓した『人間関係から読み解く文学』の前言からのやや長い引用をお許し願いたい。

二〇一一年三月十一日の金曜日、十四時四十六分に起きた未曾有の震災は、自然の周期的活動を忘れてはならぬと私達に痛感させた。私達はこれまでも、大きな自然災害に見舞われるたび、同じようなことを考えていた。しかしあの時ばかりは、私達の想定する自然のスケールがあまりにも小さかったことに愕然とし、忘却することの恐ろしさを知り、その被害に打ちのめされてしまった。そしてまた、これまでとは異なる新しい生活態度、文明の将来像を構想し、それを実現する必要に迫られている時代に生きていることを認識した。この新たに直面した事態は、自らの存在様式を批判的に振り返り、それを乗り越え、ここに生きる私達の背負う運命とも言える難局に積極的に立ち向かう契機となった。

平成二十八年に発生した熊本地震、その二年後の北海道胆振東部地震、西日本に甚大な被害をもたらした「平成三〇年七月豪雨」と、私たちはその後も連続して、大規模かつ深刻な自然災害を体験してきた。これらの経験を通じて研究会のメンバーには、共通の問題意識が醸成されていった。「自然」のみならず、私たちの生きる「社会」もまた研究会の重要な研究対象となった。それはすなわち、私たち自身が関与しその進行に好むと好まざるとにかかわらず参画してきた「グローバル化」という世界的規模での様々な分野におけるパラダイム転換により、私たちの思考、活動、生活様式は大きく変化したということである。全世界規模での「変革」を目の当たりにして、私たちの「これまで」を再検証することは、「これから」を考える際の重要な手がかりとなるはずである。新たな社会の形成や、別の世界との巡り合い、来るべき世界の予想は、文学のテーマともなってきた。研究会に参加するメンバーは、これらのテーマ群に関連する作品を取り上げることに躊躇しなかった。

本書が提示しようと試みるのは、文学が持っているはずの、私たちの存在を批判的に照射する力である。すでにかの震災経験の「風化」が人口に膾炙する現在においてこそ、さらに私たちの「世界」が信じられぬスピードで拡大する現在においてこそ、文学的営為が伝え続けている叡智を再び取り戻し、その精神的挑発性を解き放つ試みをなすべきであろうと信じている。研究会を重ねる中で醸成されていったキーワードは「危難の時」「救い」「寛容」となった。なお本書の副題「ゲーテからフォークナーまで」について付言しておきたい。本書に収録されている論考の中には、厳密に言えば「ゲーテからフォークナーまで」の時間的広がりの中に収まらないものもある。しかし、本書があえてこの副題を採用したのは、ゲーテが近代の黎明期を、そしてフォークナーが近代の最盛期を、ともに象徴すると考えられるからである。本書に収録された論考は、まさにこのような意味での西欧近代という時代区分に収まり得るものであり、「ゲーテ」や「フォークナー」はその区分を宣言する道標として副題の中で使用されている。

本書の第I部は、「二十世紀英米文学における人間関係の描写」に焦点を当てる。その第1章では、シャーウッド・アンダーソンが彼の最高傑作と称される『ワインズバーグ、オハイオ』で描写する二十世紀初頭のアメリカで時代の変化に取り残された人々への共感を取り上げる。第2章では、ウィリアム・フォークナーの『響きと怒り』が伝える弱者に対する眼差しに焦点を当てる。第3章は、英国の女流作家ノラ・ロフツによる「これからはぼくが――」を研究会での議論を下敷きとして、現代的視点から再読する。

二十世紀アメリカ文学への新たな視点を提供した後、本書の第II部は十七世紀にまで時代を遡り、「初期アメリカ文学」をテーマに据える。第4章「初期アメリカ文学史をめぐる諸問題とその展望」は、アメリカ合衆国の「成立史」が包含する問題性に切り込み、アメリカ文学史記述のパラダイム転換を迫る力作である。続く第5章「ピューリタンと『オランダ人』」は、現代アメリカの多様性を象徴する大都市ニューヨークの成立史を端緒として、ピューリタンとオランダ人との関係性から現在のアメリカの「多様性」の起源を詳らかにする。

特記しておくべきは、佐藤氏による第4章と第5章は、科学研究補助金の助成を受けた研究プロジェクトの成果の一部を成していることである。初期アメリカ文学の諸テクストに照射される「オランダ人」表象の問題性にフォーカスしたこの研究計画は平成二十七年度から平成三十年度まで、日本学術振興会より科学研究費補助金（基盤研究（C）研究課題名「初期米文学におけるDutch認識の成立と展開：多様性の起源としてのピューリタン」課題番号15K02353）を得て鋭意遂行されたものである。

第Ⅲ部「近代ドイツ文学における危難と救い」は、十八世紀後半から十九世紀初頭のドイツの文学を取り上げつつ、十九世紀後半の明治初頭の日本近代文学黎明期の代表作品をも検討する。『グリム童話』からゲーテの『ファウスト』第一部、そして森 鷗外の『舞姫』と、多様な作品を取り上げることになるが、各章に通底する問題意識は、危難の時を語り継ぐ行為の意味ということが出来るであろう。

第Ⅳ部「古典的SF小説の危難と現実感」は、翻訳や映像化作品も数多くあるH・G・ウェルズの『宇宙戦争』と、オルダス・ハクスリーのディストピア小説『すばらしい新世界』を取り上げ、それぞれの作品における「危難」と「寛容」を人間関係に焦点を当てて解釈する。近年でもハリウッドで映画化されているにもかかわらず、学術的側面からのアプローチを欠いていた『宇宙戦争』について、まとまった情報提供と一貫した論考を本書に掲載するに至ったことは、多様なテーマへの学際性と継続性を旨とする本研究会の誇りである。これはまた、ハクスリーの小説についてもまったく同様である。

本書が多くの人々に文学作品の新たな側面と文学史への新たな視点と魅力を伝え、改めて作品を味読する機会を提供することになれば、執筆者一同にとって幸甚である。

本研究会の代表を務められ、長年にわたり参加メンバーを啓発し続けてくださった川村幸夫先生が平成三十一年三月末日をもってめでたく東京理科大学での職責の定年を迎えられた。川村幸夫先生定年記念誌として本書を刊行し参加者一同からの慶賀の祝辞とするとともに、先生の今後のご健勝を祈念して結びとしたい。

著者を代表して　今村 武

救いと寛容の文学――ゲーテからフォークナーまで　目次

第I部

二十世紀英米文学における人間関係の描写

川村幸夫

二十世紀は大きな変革の時代であったと言える。社会の変化、人々の考えかたの変化、道具や手法の進化、さまざまなことやものが急激に変わっていった。人間関係についても同じようなことが言えるだろう。とくに「他者」に対しての意識のしかたが変わったと言えるかも知れない。「弱い者」に対してのやさしいまなざしは昔からあったが、そのやさしいまなざしが、より寛大に、より包括的になってきたのではないだろうか。かつては「弱い者」は社会から排除され、関心を持たれることは少なかった。二十世紀は、ややもすると社会から排除されてしまう人たちに、社会・共同体・一般人が、やさしいまなざしを向ける時代になったと言える。しかし、残念なことに、偏見や先入観にとらわれ、自分と異なる人たちを、とりわけ、自分よりも劣っていると思われる人たちを、自分が所属する共同体から排除しようとしてしまうこともある。二十一世紀の今になっても変わらない。「共生」していくことが大事である、と言うよりも、「共生」することが当たり前である、と分かってはいるものの、いざ実践しているかというと、かなり疑わしいのが現実である。われわれは、程度の差こそあれ、「弱い者」を排除してしまう傾向にある。そのような現代社会が抱えている問題を、二十世紀の文学作品の人間関係から探ってみたい。米国作家のシャーウッド・アンダーソンとウィリアム・フォークナー、英国作家のノラ・ロフツの三人の作品から、われわれが抱えている問題を解決する糸口を見つけ出していきたい。

第1章

アンダーソン『ワインズバーグ、オハイオ』

——社会的弱者と疎外者へのアプローチ

序

シャーウッド・アンダーソン（一八九七－一九六二年）は、大きく世の中が変化を遂げた二十世紀初頭のアメリカで、変化について行けず、時代に取り残され、社会から疎外された人たちに共感の眼を向けて『ワインズバーグ、オハイオ（*Winesburg, Ohio*, 1919）』を執筆した。自らの体験が根底にあると考えてよいだろう。時代の波に乗れず、いわば社会からドロップアウトしてしまった父親を見て、また、同様な人たちを見て育ったアンダーソンは、当時のアメリカ社会、資本主義社会に対して反感を抱いていた。アンダーソン自身は、一時経済的に成功を収めるが、作家に転身してからは、社会的疎外者（社会から非標準として疎外されている人たち）に対するやさしいまなざしを持って作品を書いた。『ワインズバーグ、オハイオ』は、そのアンダーソンのやさしいまなざしが最も顕著に示されている作品で、彼の出世作であるとともに、彼の最高傑作である。他の多くの作家たちに多大な影響を及ぼし、アメリカ文学史上でも重要な位置を占めるこの作品を、作品に描かれている「いびつさ（＝グロテスクさ）」を中心に考えていくことにする。

1　時代の変化

作品を理解する上で、作品が描かれた時代背景、当時のアメリカ社会の様子を知る必要がある。

十九世紀末から二十世紀へと、アメリカは大きく変化していった。一八九〇年に西部開拓時代（西漸運動の時代）が終わり、アメリカは帝国主義の時代へと突入する。一八九八年のハワイ併合（州になるのは一九五九年）にも象徴されるように、領土拡張が続いていく。第一次世界大戦（一九一四―一八年）は、アメリカの経済発展に有利に働いた。戦後しばらく続く繁栄の時代がそれを如実に表している。この成長と繁栄の時代に『ワインズバーグ、オハイオ』は出版された。

ところで、一八九八年の米西戦争でのアメリカの勝利は、第二次産業革命（一八六五―一九〇〇年）の成果を色濃く反映したものとして解釈できる。アメリカの勝因のひとつに、情報伝達の優位が挙げられる。通信網の整備によって正確な情報が迅速に伝達されたことにより、戦闘を常に優勢に進められたと言われている。

第二次産業革命によるさまざまな分野での技術革新は、言うまでもなく、多方面に強力な影響を与えた。鉄道網の発達による輸送手段の革新、工場の機械化による大量生産など、時代は大きく変化していった。T型フォードの発売（一九〇八年）[1]がこの時代を典型的に象徴しているだろう。「機械化」「効率化」「規格化」「標準化」がこの時代のキーワードであった。

世の中が大きく変化していくと、波に乗ってうまく成功する人たち、成功とまで行かなくても、変化に対応できる人たちと、その一方で、流れに乗り遅れ、まわりから「落伍者」もしくは「敗北者」と看做されてしまう人たちもいる。『ワインズバーグ、オハイオ』は、そういう人生に挫折した人たち、失敗者たちを描いているのである。

2　規格外れ

規格化が進んでいくと、ものごとは効率化され、社会はスムーズに活性化する。一方、規格から外れたものは、非標準となり、集団から排除される。もの（＝商品）に関しては、生産から輸送、さらに販売のルートでは経済的に有利であることは言うまでもない。だが、その基準を人間に当てはめた場合はどうなるであろう。非標準は集団から排除される、つまりは、社会から排除、少なくとも、疎外されてしまう。当然ながら「標準」が大多数であり、大多数からは少数の「非標準」は無視されていく。「標準」になることを試み「規格」の範疇に入ろうともがいた末、結局「非標準」の枠を越えられず「規格外」のままであると、挫折し、場合によっては絶望し、社会の隅に追いやられてしまう。『ワインズバーグ、オハイオ』に登場するおおかたの人物はこのような「規格外」の人たちである。

この作品の登場人物たちは、ほとんどの場合、世をはかなんで、町の片隅でひっそりと暮らしている。大多数のまわりの人たち、つまり「規格」の内側にいる人たちは、こういう人たちに関心はなく、あえて接触をすることはしない。こうして、非接触により彼らの疎外がますます進んでいく。

アンダーソンは、こういう規格から外れた人たちに眼を向けていた。その姿勢・態度は、作品の語り手役を演じているジョージ・ウィラードに体現されている。世の中の「規格」から外れ、共同体から疎外され、(人によっては挫折感と)孤独感を味わっている人に近づき、話を聴くことによって、それらの人々に一時ではあるが、安らぎを与えている。

3　形の悪いリンゴの味

規格から外れたもの、標準の範疇にないもの、それらは「規格化された社会」から排除される。「規格」が「善」であり、「規格外」は、「悪」とは言えないまでも、「除外」や「排除」の対象となる。商品としての工業製品や農作物については間違いなく当てはまる。そして、規格化が進んだ社会では、このことが人間にも当てはめられてしまうのだ。

しかし、たとえば農作物の場合、規格外で商品価値のないものにも、出荷された規格品と同等の、または、同等とまではいかないまでもそれに匹敵する「うまさ」がある。見た目の悪さから、味も悪い、と早急な判断がなされてしまう。規格外のものにもうまさがあることを知っている人はごく少数である。これは、農作物ばかりでなく、人間にも当てはめることができるだろう。

「紙の玉」に登場するリーフィ医師（と、彼と結婚する娘）の話は、まさに「商品価値のないもののうまさ」について語られている。

リーフィ医師も他の登場人物と同じように、かなり変わっていて、友人もほとんどいなかった。患者もめったに来ない診療所で、思索にふけり、何かを思いつくとそれを紙切れに記すが、すぐさまそれを丸めて白衣のポケットにしまい込む。ポケットはどんどん紙くずでふくれあがっていく。やがて紙くずが堅い大きな紙玉になってポケットがいっぱいになると、床に放り出してしまう。まったく魅力的でない四十五歳の中年男が、ある日診察に訪れた若い美人と結婚することになる。

この物語の味わいの深さは、ワインズバーグの果樹園で育つ、形の歪んだ小さなリンゴのようだった。秋に果樹園を歩くと、地面は霜で硬くなっている。リンゴはすでに果実摘みの者たちによって木からもぎ取られ、樽に詰められて、都会に向けて出荷されている。こうしたりんごを食べるのは、本や雑誌、家具や人でいっぱいのアパートに住む都会の人々だ。木々に残っているのは、果実摘みの者たちが取らなかった、数個のごつごつしたリンゴだけ。それはリーフィ医師の拳骨のような形をしている。かじってみると、とてもおいしい。リンゴの側面にある小さな丸い部分に、甘さが全部集まっているのだ。そこで霜の降りた土地を木から木へと走り、ねじれたり曲がったりしたリンゴをもぎ取ってはポケットに詰めていく。こうしたごつごつしたリンゴのおいしさを知っているのはほんの数人かしかいない。[2]

リーフィ医師の結婚相手は、若くして両親を亡くし、広い肥沃な土地を相続したブルーネットの背の高い美人で、当然ながら、おおぜいの男性が求婚にやってきた。やがて求婚者のうちのひとりと関係を持ち、妊娠してしまう。その診察に（おそらく患者の少ない）リーフィ医師のもとを訪れた彼女は「ごつごつした（いびつな）リンゴの味」を知った数少ない人のひとりとなった。

リーフィ医師のことを知るようになってから、背が高い黒髪の娘は二度と彼のもとを離れたくないと思うようになった。ある朝、彼女が彼の診察室に入っていくと、彼のほうは何も言われなくても、彼女の事情を呑み込んでいる様子だった。（三一頁）

彼女は、リーフィ医師を知った年の秋に彼と結婚した。しかし、その翌年の春に亡くなってしまう。妻の死後、リーフィ医師は「一日じゅう、がらんとした診察室のクモの巣におおわれた窓のすぐそばに坐りこんですごした」（二三頁）。

二人の奇妙な結婚話は、一時ワインズバーグの町の話題になった。しかしながら、ほどなく町の人たちは、この話を忘れ去ってしまう。かび臭い診察室にこもっている年老いたリーフィ医師は、町の人からは見向きもされない存在となっていく。何かの真理を築き上げようとメモをとり、その紙切れを丸めてポケットにしまうことを相変わらず繰り返す日々を送っている。リーフィ医師の手の形状が異様である、とエピソードの最初に描かれているが、普通の人間、大多数の標準的な人たちから見れば、異様なのは手の形状だけでなく、リーフィ医師そのものでもある。そうして、まわりの人たちの目には、彼はいびつ（＝グロテスク）に映るのである。

4 いびつさ（＝グロテスクさ）とは？

規格から外れた非標準の人々は、規格内にいる標準の人々から見れば「グロテスク」に映る。出荷されない（もしくは、出荷できない）いびつな形のリンゴは、規格外、言葉を換えれば、グロテスクで（表面的には）醜い。その見た目から、味もよくないだろうと判断し、だれも手を出そうとはしない。形の悪いリンゴと同じように、『ワインズバーグ、オハイオ』で描かれる人物たちは、みなグロテスクである。町の人たちは、そのような人物に積極的に近づくことはしない。ましてや、話をしようとはだれも思わない。

「手」に登場するウィング・ビドルボームもグロテスクな人物で、ジョージ・ウィラード以外だれも近寄っては来なかった。

ウィング・ビドルボームはいつでも怯えており、実態のない一連の疑念に苛まれていた。この町に二十年暮らしていながら、自分がこの町の生活の一部であると考えたことがない。ワインズバーグの人々のなかで彼と親しいのはたった一人。新ウィラード館の主であるトム・ウィラードの息子、ジョージ・ウィラードとだけは、友情のようなものを育んでいた。（一六頁）

ウィング・ビドルボームは、若い頃、ペンシルバニアで小学校の教師をしていた。そのころは、アドルフ・マイヤーズという名前だった。

アドルフ・マイヤーズは若者たちの教師となるべく生まれた男だった。力で統率するにしてもとても優しいので、それが愛すべき弱々しさとして取られてしまうような男――そんな希に見る、そしてほとんど理解されない男の一人。こうした男たちが面倒を見ている少年たちに対して抱く感情は、繊細な女性があいする男に対して抱くものに似ていなくもない。（二二頁）

小学校教師がまさに天職であるウィング・ビドルボームは、生徒たちからとても慕われて、熱心に子供たちを教え、愛情を惜しみなく注ぎ込んでいた。授業が終わったあとも、子供たちと長く接していた。しかし、このことが悲劇を生んでしまう。

ウィング・ビドルボームは両手でたくさんのことをしゃべった。その細くて表情豊かな指、常に活動的でありながら常にポケットのなかか背中に隠れようとする指が、前に出て来て、彼の表現の機械を動かすピストン棒となる。（一七頁）

彼には、指が動きまわる癖があった。子供たちに話をしているとき、子供たちの肩を撫でたり髪を触ったりしていた。この行為は、彼の愛情表現の一部にすぎなかったが、あるとき、教師を好いていたひとりの男の子があらぬ夢想をし、それを現実に起こったかのように親に語った。町に戦慄が走り、その日のうちに青年教師は町を追い出された。保護者たちには、異常性欲者の変質行為と捉えられてしまったのだ。

伯母を頼ってワインズバーグに流れついたウィング・ビドルボームは、日雇い労働者として畑で働いて生計を立ててきた。彼には、ペンシルバニアを追い出された理由が理解できないでいた。しかし、手が原因であるとは感じていた。そのため、なるべく手を隠そうとしていた。

その一方で、彼の手は、農作業（イチゴ摘み）でたぐいまれな能力を発揮した。

その手を使ってウィング・ビドルボームは一日に百四十クォートものイチゴを摘んだのである。それが彼を際立たせる特徴となり、名声のもととなった。また、その手のために、すでにいびつ

で捉えがたい人物がもっといびつになった。（一八頁）

ウィング・ビドルボームのいびつな（＝グロテスクな）手には、教師を追われる原因となった「負」の要素がある一方で、通常の農作業員では足下にも及ばないようなすぐれた才能が隠されてもいる。しかし、「標準」から外れている彼の手は、やはりグロテスクになってしまう。いびつな（＝グロテスクな）手を持つウィング・ビドルボームは、まわりの人たちからは、当然グロテスクに見えるのだった。

町外れの小さな家にひっそりと暮らしているウィング・ビドルボームは、質素な夕食を終えたあと、床につくまえに、きれいに掃除をした床にパン屑が散らかっているのを見つける。

彼は低いスツールにランプを置き、パンくずを拾っては、信じられないような速さで一つひとつ口へと運んだ。テーブルの下に濃密な光のかたまりがあり、そこに男がひざまずいている姿は、教会で礼拝を執り行う司祭のようだった。表情豊かな指が神経質そうに動き、光のなかできらりと光ったり、光の外に出ていったりを繰り返している。祈りながらロザリオの数珠を次から次へと素早くつまぐる、敬虔な信者の指に見まがうほどだった。（二五—二六頁）

詩的に描かれたエピソードの最終部分の描写は、語り手の、ひいては作者アンダーソンの、ウィング・ビドルボームに対するやさしいまなざしを読者に伝えている。それと同時に、グロテスクさの意味を明確に表し、「規格外」「非標準」の人たち、社会から疎外され、孤立しているいわば社会的弱者に対してわれわれがとるべき姿勢を提示していると言える。

5　やさしいまなざし

社会的弱者に対するやさしいまなざしが『ワインズバーグ、オハイオ』全編の底流にある。この作品の登場人物はみなグロテスクで、孤独で、集団から、物理的にも精神的にも、離れて暮らしている。こういう人たちに、語り手ジョージ・ウィラードは、積極的に接触し、彼らの話を聴く。彼の語りにより、読者は「規格」や「標準」から外れた人たちの人生（の一部）を知ることができる。前述のリーフィ医師やウィング・ビドルボームのように、他の人々も、奇妙で、まわりの人たちとは異なっていて、グロテスクである。

いくつか例を挙げれば、たとえば、四部構成の「信仰」のジェシー・ベントリーは、とても信心深く、それでいて冷酷な農場経営者である。あるとき、孫のデイヴィッドを引き取り、男児に恵まれたと大いに喜ぶ。しかし、デイヴィッドは祖父の異常な信心深さに恐れをなし、ワインズバーグから姿を消してしまう。どう考えても、孫の失踪の原因は本人自身にあることは疑う余地もないのだが、ジェシー・ベントリーはそれを認めることができずにいる。

道路のわきの丸太に腰を下ろし、神について話し始めた。人々が彼から聞き出せたのはこれだけだった。デイヴィッドの名前が話に出ると、彼は空をぼんやりと見つめ、神の使いがあの子を連れて行ったと言うのだった。「私が神の栄光を求めすぎたからそうなったんだ」と彼は言い、この件についてはこれ以上語ろうとしなかった。（二一九頁）

状況把握がまったくできないジェシー・ベントリーは、みずからの信仰についての話をせざるを得ない。正常に考えれば、孫の失踪の原因は自らの異常な信心深さと人々に対する度を超えた冷酷さにあることは明白だが、彼には理解できないのである。このグロテスクなジェシー・ベントリーを、語り手は否定せず、そっと寄り添う姿勢を示している。

「神の力」では、敬虔な牧師のカーティス・ハートマンの覗き見の欲望とそれを抑える理性との葛藤が描かれている。日曜日の朝ごとに、神から力を授かるようにお祈りをするため教会の鐘楼の部屋にこもっていた。部屋の窓から、たまたま隣のアパートの二階の部屋を覗いてしまう。そこには三十歳の小学校教師のケイト・スウィフトがおり、ベッドに寝そべり、タバコをふかしながら本を読んでいた。動揺しながらも、カーティス・ハートマンは、散歩に出たおり小石を持ち帰り、窓の一部に小さな穴を開ける。覗くという肉欲的欲望が彼にそうさせたのだが、それを抑えようとする理性とのはげしい葛藤が始まる。最終的には窓ガラスを割って修理せざるを得ない状況をつくり、おそらくは覗き見をやめてしまう。

「私が魂の試練だと思っていたことは、精神の新しい段階への準備にすぎなかったのだ。より美しい熱情を伴う段階だよ。神はケイト・スウィフトの姿で私の前に現れた。ベッドの上に裸でひざまずく教師の姿で。ケイト・スウィフトを知っているかね？　彼女自身は気づいていないかもしれないが、彼女は神の道具なんだ。真実のメッセージを担っているんだよ」（一九〇頁）

ジョージ・ウィラードが働いている新聞社の編集室にやってきたカーティス・ハートマンは興奮して話す。さらに続けて言う。

「私は救済された。恐れを抱くことはない」。彼は血を滴らせている拳を青年のほうに突き出して見せた。「私は窓ガラスを叩き割ったんだ」と彼は叫んだ。「これでガラスをすべて換えなければならなくなる。神の力が私に宿り、拳で割ることができたんだ」（一九〇頁）

ジョージ・ウィラードにこのように話すカーティス・ハートマンは、滑稽でもあると同時に、おおかたの人の目にはグロテスクに映る。

『ワインズバーグ、オハイオ』には、これまで紹介してきた人物のほかの人たちも、第2節で述べたように、グロテスクな人々が登場する。ジョージ・ウィラードは、こういう人たちにやさしいまなざしを向けている。彼らは、自分で気づいているかどうかは別として、ジョージ・ウィラードに接し、話を聴いてもらうことで、しばし孤独から解放され、やすらぎを得ることができるのだ。

結語

時代が大きく変わることは、その波に乗れない人たちにとっては危難の時代と言えるのかも知れない。作品に登場するワインズバーグの人たちは、その波に乗れず「規格化」が創り出した「標準」から大きく外れてしまっている。そのためグロテスク（＝いびつ）になり、大多数の人たちから疎外され、もしくは、みずから他者との接触を避け、社会から、物理的も精神的にも、離脱した生活を送っている。アンダーソンは、彼らの様子を、彼らの深層心理をうまく表現することによって、読者に巧みに伝えている。また、ジョージ・ウィラードを介して、彼らに寄り添うことが、社会的弱者を救う第一歩であることをわれわれに伝えているのだ。

アンダーソンがわれわれに伝えようとした「グロテスクさ（＝いびつさ）」は、『ワインズバーグ、オハイオ』の冒頭のエピソード「いびつな者たちの書」に、哲学的に述べられている。

人々をいびつにしたのは真理であり、老人はこの件に関して精緻な理論を作り上げていた。人々の一人が真理の一つを掴み取り、自分の真理と呼んで、それに従って生きようとすると、その人物はいびつになる。そして、彼の抱いた真理は偽物になる。これが老人の考えだった。（十三頁）

この哲学的な表現は、その先のエピソードを読み進めていくに従って、より意味を深めていく。『ワインズバーグ、オハイオ』の登場人物たちは、ある意味、何かの真理を捉まえたのかも知れない。しかし、その真理は「標準的な真理」「規格化された真理」ではない。彼らが自分のものにしたであろう「真理」は、他の人たちには理解できないであろう。われわれが取るべき行動は、その「真理」を理解しようとするのではなく、まずは彼らに寄り添うことであろう。

主要参考文献

シャーウッド・アンダーソン（著）『ワインズバーグ、オハイオ』上岡伸雄（訳）新潮文庫
高田賢一・森岡裕一（編）『シャーウッド・アンダーソンの文学』ミネルヴァ書房
白石英樹（著）『シャーウッド・アンダーソン――他者関係を見つめつづけた作家』作品社

作者紹介と作品概略

シャーウッド・アンダーソン（一八七六－一九四一年）

米国の小説家。マーク・トウェイン的土着性を持ちつつアーネスト・ヘミングウェイらのヨーロッパ的モダニズムを先取りした意味で、アメリカ文学史上きわめて重要な存在。ウィリアム・フォークナーは、アンダーソンを「われわれの世代のあらゆる作家の父親である」と称した。アンダーソンは、この二人以外に、ジョン・スタインベック、トーマス・ウルフ、レイモンド・カーヴァーらに影響を与えた。アンダーソンはオハイオ州で七人兄弟の三番目の子として生まれた。彼の父親は大家族を養うため苦労したが、機械化の波に押され仕事がうまくいかず、やがて酒におぼれるようになった。そんな父親を見て育ったアンダーソンは、小さい頃からさまざまな仕事をして家計を助けた。十九歳のときにシカゴに行き、米西戦争参戦後、勤めた広告代理店で成功した。ところが、一九一二年に突然失踪し、一時記憶喪失になる。これを転機に文学に専念する決心をする。やがて短編が雑誌に掲載されるようになり、『ワインズバーグ、オハイオ』の出版へとつながっていく。『貧乏白人』で第一回ダイヤル賞。短編集『卵の勝利』も高い評価を受けた。しかし晩年は、中西部を代表する作家としての地位は急降下していき、各地の社会運動を支援する活動をした。これは、子供の頃に芽生えた資本主義に対する反感が影響を及ぼしていると考えられる。

『ワインズバーグ、オハイオ（*Winesburg, Ohio*）』（一九一九年）

二十五話（二十二のエピソードのうち一つは四部構成）からなる連作短編形式の小説。「オハイオ州の小さな町の生活の物語群」という副題が的確に内容を表している。登場人物たちは、地元新聞『ワインズバーグ・イーグル』の少年記者ジョージ・ウィラードと話をして、しばし孤独感から逃れる。彼らの話を聴いて、彼らに共感を示すウィラードは、小さな町で繰り広げられるさまざまな人生を知る。これらの人物には、冒頭の「いびつな者たちの書」で老作家が語る「いびつさ（＝グロテスクさ）」が漂っている。最終エピソードで、ウィラードは、この町を出て大都会へと旅立っていく。冒頭エピソードの老作家は、ウィラードの晩年の姿であると考えられる。個々のエピソードで語られるさまざまな人物たちの人生がこの作品の中心テーマではあるが、主に聞き役を演じているジョージ・ウィラードの成長物語としても楽しめる。また、このような連作短編形式の小説、とりわけ内容的にきわめて近いものに、たとえば山本周五郎の『青べか物語』などが挙げられる。

注

〔1〕フォード自動車会社の創業者ヘンリー・フォード（一八六三－一九四七）は、流れ作業による大量生産のパイオニアである。それまで一台ずつの手作りであった自動車製造を一変させ、自動車を大衆にも手が届くものに変えた。その象徴的な自動車が「T型フォード」である。その後「もの」の大量生産が広まったと言わ

れている。以後「フォード」は「大衆車」の代名詞となった。ちなみに、米国第三十八代大統領ジェラルド・フォードの台詞も興味深い。「わたしはフォードであって、リンカーン（高級車の代名詞的車種）ではありません」。大衆派を標榜したフォードにとって、うってつけの言葉であった。

〔2〕シャーウッド・アンダーソン（著）『ワインズバーグ、オハイオ』上岡伸雄（訳）新潮文庫　二九頁　以下本文の引用は頁数のみ示す。なお、引用中の「樽に詰められて、都会に向けて出荷されている」とあるのは、鉄道輸送であったと推測される。

第2章

ウィリアム・フォークナー『響きと怒り』

――弱者に寄り添うやさしいまなざし

序

ウィリアム・フォークナー（一八九七―一九六二年）は、作家デビュー後なかなか作品が売れず、ある意味不遇の時を過ごしていた。デビュー当時の作品は、同世代の作家たちのように、いわゆる「ロスト・ジェネレーション」[1]的な雰囲気であったが、その後、「ヨクナパトーファ・サーガ」[2]と呼ばれる作品群を書き始める。南部の田舎町を舞台に、そこで繰り広げられる人間模様が描かれている。フォークナー作品の主テーマは「南部の歴史の再認識」と「南部の再構築」であり、常に全体像を意識していくことが重要であるのだが、個々の作品は、短編を含めて、それぞれ独立した作品として十分に楽しむことができる。本章では、フォークナーの代表作のひとつ『響きと怒り』（一九二九年）を取り上げ、そこに描かれている「弱者に寄り添うやさしいまなざし」を、現代社会にも通じるメッセージを探りながら論じていくことにする。『響きと怒り』については、これまで多くの研究者がさまざまな視点から論じてきており、無数の論文が世に出ている。いろいろな解釈を参考にしていくことによって、さらに新しい可能性が広がっていくだろう。

1　何が危難か、なぜ危難なのか

『響きと怒り』の時間（小説中の現在）は一九二八年四月六日（金曜日）から四月八日（日曜日）である。時間的な順番で配列されておらず、第一部は土曜日、第二部は、過去に遡って、一九一〇年六月二日（木曜日）、第三部は、一九二八年に戻って、四月六日（金曜日）、第四部は、四月八日（日曜日）である。作者フォークナーによれば、まず第一部に相当する部分を書いたが、うまく表現できていないと感じ、次々に書き足していった結果[3]、このような配列になった。作品の四つのパートを曜日順に並べ替えてみると、イースター（復活祭）に向かう週であることがわかる。木曜日は十八年前だが、キリストの最後の晩餐から復活の過程に当てはまる。フォークナーは、キリスト教のエピソードを利用することによって、自らの作品に重層的効果をもたらしていると言える。

フォークナー作品の特徴のひとつに、通常の時間の流れに沿って物語が展開していくという伝統的な描き方ではなく、時間の流れをいわば無視して話を展開させる手法が挙げられる。いわゆる「意識の流れ[4]」なのだが、とくに第一部のベンジーの語りは、唐突に時間がシフトしていき、時間の秩序を無視した状況に読者は投げ込まれる。クロノロジカルなストーリー展開に慣れ親しんでいる読者は戸惑い、途方に暮れる。かつてサルトル（Jean-Paul Sartre, 1950-1980）が「なぜフォークナーは自らの小説の時間を壊し、その断片を乱雑に配列したのか」[5]という疑問で『響きと怒り』論を始めたのも頷ける。

フォークナーの壮大なテーマは「序」で述べたように「南部の歴史の再認識」と「南部の再構築」であるが、まず南部の歴史を再認識するために、作家は「ヨクナパトーファ・サーガ」の作品群で、南北戦争(一八六一―六五年)後、没落や崩壊した一族の歴史を描いた。没落の原因は、もちろん、南北戦争の敗戦である。敗戦により、南部の経済的基盤であったプランテーションは、奴隷解放[6]により、労働力が失われて、崩壊していった。

戦後はもちろんのことながら、南部の再建が行われるわけだが、その波に乗れず、南部復興から取り残されてしまった人たちがいる。北部地域からのさまざまな物や人の流入によって、南部社会は大きく様変わりしていく。それは、外面的・物理的変化のみならず、内面的・精神的な変化でもあった。戦前の旧南部の秩序・倫理観もまた消え失せていく。

旧南部社会にしがみついている人々、旧南部社会から脱却できない人々にとって、南北戦争後の時代は危難の時代と言える。

2 歴史の語り部

『響きと怒り』に登場するコンプソン家も、かつては大プランテーションを所有し、いわゆる貴族的生活を送っていた南部の名門一族であった。ちなみに、南北戦争中、コンプソンは南軍の将軍であった。南北戦争敗戦後、奴隷解放により、プランテーションの労働力の根幹を担っていた奴隷がいなくなることによって、農園経営は破綻し、経済的基盤を失い、没落の一途を辿っていくことになる。広大な土地を手放し、新勢力(南部に入り込んできた北部人)に屈辱的に従って生きて行かざるを得ない。かつての秩序、価値観、道徳観や倫理感、そのような目に見えない精神的な部分でも大きな変化を受け入れざるを得ないのであった。没落した旧南部の名家の歴史を描くことは、南部そのものの歴史を描くことにつながっていく。フォークナーの小説群においては、コンプソン家の他に、たとえば、サートリス家やグリアソン家が該当する。このほかに、先住アメリカ人の話や黒人奴隷の話などが加わることによって、フォークナーが意図した南部の歴史の再構築がより深みを増していく。

話を『響きと怒り』に戻せば、コンプソン家の歴史を読むことは、そのまま南部の歴史を理解することにつながっていく。また、『響きと怒り』の意図は、「コンプソン家の崩壊を完結した歴史として」[7]語ること、それも外部からではなく、コンプソン家の内部から語ることであった。そのためには、コンプソン家の人間を語り手とする必要が生じてくる。そして、小説の現在である一九二八年のイースターまで生き残ってコンプソン家の語り手となり得るのは、まったく皮肉なことに、本来歴史など語ることができないベンジーだけである。長男クェンティンは、時間の強迫観念と妹キャディとのインセスト妄想にとり憑かれて、大学生時代(一九一一年)に自殺している。長女のキャディは、不義の子を孕んだために、コンプソン家にいられなくなり、ジェファソンの町から姿を消し、消息不明となっている。次男ジェイソンは、いわゆる正常人ではあるが、自分の個人的関心事に埋没しすぎており、さらに、金の亡者と堕し、[8]当然のことながら、ものの見方が歪んでいる。キャディの娘のクェンティンは、コンプソン家の内部の人間という範疇からは外れている。

コンプソン家の歴史の語り部候補からジェイソンが外れるもうひとつの理由は、時間の枠組みの中に生きていることである。ふつうの人間は、過去の事実を時間の流れの中に位置づけ、その思考過程でややもすると過去を脚色し、変形させてしまう。これは、言うなれば、インテリジェンスゆえの悲劇もしくは宿命であるかも知れない。つまりは、過去を忠実に保存できないことになる。しかし、知的障害を持って生まれたベンジーは、過去の出来事を秩序立てて、理路整然と歴史のかたちでかたることはできない。しかしながら、過去の断片をそのまま羅列することはできるのだ。

コンプソン家の人たちの中で、ベンジーだけが過去を保持し得る。彼のみが意識体験において過去の苦しみを受けることがなかった。白痴であるために、彼は行為の主流から逃れており、利己主義に汚れていない。[9]

歴史を語るときに過去の忠実な保存が必要であるとすると、コンプソン家崩壊の歴史の語り部となり得るのは、ベンジーをおいて他にいなくなる。この小説の最も適した語り手は、過去を変形させないために、インテリジェンスが欠如している必要があり、それと同時に、時間の束縛から解放されている必要がある。フォークナーは、かつて『響きと怒り』についての質問に、次のように答えたことがあった。

…すると突然、子供たちに象徴される純真無垢さの盲目的自己中心性という概念からさらにどれだけ多くのものを引き出せることができるのだろうかという考えが浮かんだのです。もしそれらの子供たちの中のひとりが本当に純真無垢、つまり白痴であったとしたら。それで白痴が生まれたのです[10]…

純真無垢さはコンプソン家の崩壊の歴史を語る上では必要不可欠な要素であった。その究極がベンジーであったのだ。

3　特殊能力を持つ者に対する態度

いわば感覚だけで生きているベンジーは、過去の事実と現在の事実との区別ができない。作品冒頭で、かつてコンプソン家の土地であった場所がゴルフ場に変わり、そこでプレイするゴルファーが「キャディ」と呼ぶ声を聞いて、「姉のキャディ」と「ゴルフ場のキャディ」との区別がつかないベンジーは、現在から過去にシフトしてしまい、突然「過去」の記憶を語り出す。

ボクたちは柵にそって歩き、花壇の塀まで来ると、ボクたちの影がそこにあった。塀にのぼったボクの影はラスターより高かった。ボクたちはこわれたところに行ってそこを通り抜けた。

「ちょっと待つだ」とラスターが言った。「おめえ、またそのクギに引っかけただな。引っかけねえでくぐり抜けることができねえだかよ」

キャディがボクをはずし、ボクたちはくぐり抜けた。（後略〔1〕）

これは、ベンジーが黒人家政婦のディルシーの息子のラスターに連れられて、ゴルフ場との境の柵をくぐり抜けようとした際、釘に衣服を引っかけてしまったときに、かつてキャディと同じように柵をくぐり抜ける際に釘に衣服をひっかけたときへと記憶をシフトさせた場面である。ベンジーにとっては、過去も現在も同一平面上にあり、感覚でつながっているのだ。過去を時間の序列に並べる一般人には理解しがたいことである。

ベンジーは知的障害を持っているが、その反面、もしくは、それゆえ、通常人にはない鋭い感覚を身に付けていた。

「名前を言ったからって」とフローニーが言った。「この人は誰の名前も知らねえだよ」

「なら言ってみりゃあ、知らねえかどうかわかるだ」とディルシーが言った。「寝てるあいだに言ったって、この人はきっと聞きつけるだで」

「その人はまわりが思うより、ずっとわかりがええでな」とロスカスが言った。（上巻六二―六三）

ディルシーと彼女の子供たちの会話は興味深い。彼らは、ベンジーの計り知れない能力を感じ取っている。コンプソン家の中でベンジーの特殊能力に気づいているのは、姉のキャディだけであった。子供のころに水遊びをして、衣服を濡らしてしまった際の子供たちの会話も同様に注視する必要があるだろう。


「もしかしたら、家に着くころにはかわいているかもしれないな」とクエンティンが言った。

「みんなあんたのせいよ」とキャディは言った。「あたしたちムチでぶたれたらいいんだわ」キャディは服を着て、ヴァーシュがボタンをとめた。

「おめえさんたちがぬれたってこと、みんな気がつかねえだよ」とヴァーシュが言った。「見てもわからねえだもの。おいらとジェイソンが言いつけなきゃあな」

「おまえ、言いつけるつもり、ジェイソン」とキャディは言った。

「誰のことを言いつけるの」とジェイソンが言った。

「ジェイソンは言いつけないよ」とクエンティンが言った。「そうだろ、ジェイソン」

「きっと言いつけるわ」とキャディは言った。「この子、おばあちゃんに言うわよ」

「おばあちゃんに言いつけるのは無理だよ」とクエンティンが言った。「おばあちゃんは病気だからね。ゆっくり歩いていけば、そのうち暗くて見えなくなるよ」

「見えても見えなくても、あたし気にしない」とキャディは言った。「あたし自分から話しちゃうわ。この子を丘の上までおんぶしてあげて、ヴァーシュ」

「ジェイソンは言いつけないよ」とクエンティンが言った。「ぼくはおまえに作ってやった、弓と矢を覚えてるだろう、ジェイソン」

「あれ、もうこわれちゃったもん」とジェイソンが言った。

「言いつけたらいいわ」とキャディは言った。「あたしぜんぜん気にしないから。モウリー[12]を丘の上までおんぶして、ヴァーシュ」ヴァーシュはしゃがみ、ボクは背中に乗った。（上巻三九―四〇）

コンプソン家の三人の子供たちのベンジーに対する態度、それに、三人の性格がよく理解できる。さらに詳しく知るには『これら十三編』（*These Thirteen*, 1931）に収められている「あの夕陽」（"That Evening Sun"）を参照するとよい。ベンジー誕生以前のエピソードで『響きと怒り』のいわば前日談であるが、三人の性格を理解する上で、また、コンプソン家の崩壊の予兆を知る上で、大いに参考になる。

ベンジーが知的障害を持って生まれたことは、コンプソン家の崩壊のひとつの象徴であるとも考えられる。母親のキャロラインはベンジーにまったく愛情を注いでいない。また、コンプソン家の跡取りとなったジェイソンは、ベンジーを精神病院に送り込んでしまえばよい、と主張している。実際、後日談ではあるが、ベンジーは精神病院に送られ、そこで生涯を閉じることになる。

4　鏡のモチーフ

ベンジーの特殊能力には、道徳的な一面もあった。結末部で作者フォークナーは次のように哲学的に描いている。

その一瞬、ベンは完全に停止した。それからわめきはじめた。一声わめくごとに声は大きくなり、息継ぎのための休みもほとんどなかった。そこには驚き以上のものがあった。それは恐怖であり、衝撃であり、目と舌を奪われた苦悩であり、声というよりただの音であり、ラスターの目はギョロリと裏返って一瞬真っ白になった。（下巻二七三）

ベンジーが道徳的な反応を示すことは、単なる「雑音」としてしか聞こえてこない彼のうめき声に重要性が隠されていることが示唆されている。ベンジーはいわば道徳的鏡の役割を演じていると言えるのだ。

正に適切なことに、キャディは一種の道徳的鏡としての役割を果たす弟の力に対して最も鋭い感受性を持った人物として描かれており、彼女の感受性は弟への没我的な愛情によって高められている。[13]

ベンジーに道徳的鏡の役割があること、それを敏感に感じて取っていたのはキャディだけであった。他の人たちは、ベンジーを邪魔者扱いしているジェイソンは極端だとしても、少なくともかかわりたくないと感じていた。そんな中、家政婦のディルシーは、キャディ失踪後、唯一ベンジーにやさしく接していた。ときには姉の代わりのように、ときには母親の代わりのように、コンプソン家での弱者、ジェファソンの町での弱者に対して、まさしく保護者であったのだ。しかし、そのディルシーですら、残念なことに、キャディの感受性は持ち合わせていなかった。

ベンジーのような人たちには、程度の差こそあれ、彼らに接する人たちの本性を映し出す鏡としての機能が備わっているのかも知れない。

結語

『響きと怒り』にはさまざまなテーマがある。作者の意図は「序」でも述べたように、「南部の歴史の再認識」と「南部の再構築」であり、この作品では、南部の歴史はコンプソン家の歴史に表現され、南部の没落・南部の崩壊は、コンプソン家の没落・コンプソン家の崩壊に表現されている。

南北戦争敗戦の原因は奴隷制度にあり、それがいわば南部の「罪」としてとらえられている。それより前には、先住アメリカ人からの土地奪取という「罪」を犯していた。その報いが敗戦につながっていく。マクロな南部の問題は、ミクロなコンプソン家の問題と密接につながっている。そして、ベンジーが知的障害を持って生まれたことは、コンプソン家の、ひいては南部の「罪」の表象であるとも考えられる。

因果関係はともかく、目の前のベンジーにどのように対応するのかが、インクルーシヴな社会を構築していく上では重要になってくる。われわれは、ベンジーのようないわゆる社会的弱者に対して、ややもすると冷たい視線を投げかけてしまう。ディルシーのようにはなかなか行動できない。ときには、ジェイソンのように振る舞ってしまうこともある。このようなとき、ベンジーの鏡としての役割を思い出し、ベンジーと同じ視線をとるキャディを思い出す必要があるだろう。キャディのとった行動が、おそらくわれわれが目指さなければならない「共生」社会に必要不可欠であると言えよう。

主要参考文献

ウィリアム・フォークナー（著）『響きと怒り（上）（下）』平石貴樹・新納卓也（訳）岩波文庫
ウィリアム・フォークナー（著）『フォークナー短編集』龍口直太朗（訳）新潮文庫
日本ウィリアム・フォークナー協会（編）『フォークナー事典』松柏社
大橋健三郎（著）『フォークナー——アメリカ文学、現代の神話』中公新書
マルカム・カウリー（著）『フォークナーと私——書簡と追憶 1944-1962』大橋健三郎・原川恭一（訳）冨山房

作者紹介と作品概略

ウィリアム・フォークナー（一八九七—一九六二年）

米国の小説家。ヘミングウェイと並ぶ二十世紀の巨匠。アメリカ南部の因習的世界を「意識の流れ」などの実験的手法を用いて描いた。生涯のほとんどをミシシッピ州ラファイエット郡オックスフォードで過ごした。その地をモデルに「ミシシッピ州ヨクナパトーファ郡ジェファソン」という架空の町を設定し、そこを舞台として、多くの小説を執筆した。その小説群は、その地名から「ヨクナパトーファ・サーガ」と呼ばれている。一連の小説には、南北戦争（一八六一—六五年）の（敗戦の）影が色濃く反映して

いる。第一次世界大戦（一九一四―一八年）の際に、英国空軍に入隊するが、実戦に参加しないまま終戦を迎える。復員兵特権でミシシッピ大学に入学するが、一年足らずで退学する。執筆活動を始め、作家となるも作品はほとんど売れなかった。生活費を稼ぐため、ハリウッドで脚本家活動を行う。フランスでの評価が高まるが、本国アメリカでの評判は芳しくなかった。評論家のマルカム・カウリーによる『ポータブル・フォークナー』（一九四六年）の出版で一躍注目を集め、以後、それまで絶版だった本が復刊されて、人気が急上昇し、ノーベル文学賞（一九四九年）へとつながっていく。受賞演説でフォークナーは「人類の不滅性」について述べた。全米図書賞二回、ピューリッツァー賞二回、それぞれ受賞している。一九五五年に来日し、長野でセミナーを行った。そこでフォークナーは「第二次世界大戦の敗戦国である日本と、南北戦争の敗戦地域である南部は、それぞれ共通の宿命を背負っている」と述べた。（フォークナーに関しては「日本ウィリアム・フォークナー協会」のオフィシャル・ホームページを参照するとよい。）

『響きと怒り』（*The Sound and the Fury*）』（一九二九年）

作品タイトルは、ウィリアム・シェイクスピア（William Shakespeare, 1564-1616）の『マクベス』（*Macbeth*, 1606）第五幕第五場のマクベスの独白（「…白痴によって語られる物語で、それは響きと怒りに満ちている。しかし意味するものは何もない」）から採られた。作品は四部構成で、それぞれ中心となる人物の語りから成り立っている（第四部は、第三者的語りではあるが、ひとりの登場人物の視点に基づいていると看做すことができる）。語りの対象として共通しているのは、この家の長女キャディである。話の大筋は、南北戦争の英雄コンプソン将軍の子孫の没落物語と言える。かつては大プランテーションを所有していた貴族的な家系であったが、南北戦争敗戦後、財政的に破綻し、自信も尊厳も喪失し、さまざまな悲劇に見舞われていく。「過去」が「現在」に、あたかも原罪のように、もしくは因果応報のように、強い影響を及ぼし、現在の人々の行動を決定し、そのいわば宿命から逃れられない様子が描かれている。この作品でも、旧南部社会の崩壊、旧南部社会の秩序の崩壊が、いたるところに象徴されている。

注

〔1〕Lost Generation「失われた世代」：第一次世界大戦（一九一四－一八）後、パリに滞在していたアーネスト・ヘミングウェイ（Ernest Hemingway, 1899-1961）に対して、当時パリでサロンを開いていたカリスマ的存在のガートルード・スタイン（Gertrude Stein, 1874-1946）が言った「あなたたちみんな失われた世代ね"You are all a lost generation."」」がもとになっている。

〔2〕Yoknapatawpha Saga: ミシシッピ州の架空の土地「ヨクナパトーファ郡」を舞台にしたフォークナーの小説群。

〔3〕*Faulkner in the University*, ed. By Frederick L. Gwynn and Joseph L. Blotner, University Press of Virginia, 1959, p.32.

〔4〕Stream of Consciousness: もともとは一八九〇年台にウィリアム・ジェイムズ（William James, 1842-1910）が用いた心理学の概念で、のちに文学に取り入れられた。人間の精神の中に絶え間なく移ろう主観的思考や感覚をそのまま記述する手法で、内的独白（interior monologue）がよく用いられる。代用的な作家として、ジェイムズ・ジョイス（James Joyce, 1882-1941）やヴァージニア・ウルフ（Virginia Woolf, 1882-1941）などが

挙げられる。

〔5〕Jean-Paul-Sartre, "Time in Faulkner: The Sound and the Fury" from *Situations I*, "Le Bruit et la Fureur" (Paris, Gallimard, 1947); originally published in *La Nouvelle Revue Francaise, June and July*, 1939; translated by Martine Darmon in *William Faulkner: Three Decades of Criticism*, ed. by Frederick J. Hoffman and Olga W. Vickery, Michigan State University Press, 1960, p.225.

〔6〕当時のアメリカ大統領、エイブラハム・リンカーン（Abraham Lincoln, 1809-1965; 大統領在任期間は一八六一－一八六五）が一八六二年に「奴隷解放宣言」を行い、いわゆる「奴隷解放」は、一八六五年一二月に、当時のアメリカ合衆国の三十六州の四分の三の二十七州が批准した時点で「アメリカ合衆国憲法修正第十三条」として成立した。その後、残り九州のうち五州は、およそ一ヶ月後（一八六六年一月）までに批准、さらに残り四州のうち二州は、それぞれ一八七〇年と一九〇一年に批准した。驚くべきことに、最後の二州が批准したのは二十世紀後半になってからだった（ケンタッキー州が一九七六年、ミシシッピ州が一九九五年）。このことから、南部、とりわけ「深南部」と呼ばれる地域の特色が垣間見られる。

〔7〕How, Irving, William Faulkner: A critical Study, The University of Chicago Press, 1951, 3rd ed., 1975, p.158.

〔8〕ジェイソンは、失踪中のキャディが娘のクェンティンに送ってくる養育費を着服している。

〔9〕How 1975, p.158.

〔10〕*Faulkner at Nagono*, ed. By Robert A. Jelliffe, Kenkyusha Ltd., 1956, 3rd ed., 1962, pp.103-104.

〔11〕ウィリアム・フォークナー（著）『響きと怒り（上）（下）』平石貴樹・新納卓也（訳）岩波文庫　上巻一二－一三頁。以下作品の引用は頁数のみ示す。ベンジーの記憶のシフトによる場面転換は、原文ではたいていイタリック体で表記されている。本章で使用した訳書ではゴシック体が用いられている。なお、この岩波文庫版の末尾に付された

「場面転換表」は大きな助けとなる。

〔12〕ベンジーは生まれたときに「モウリー」と名付けられたが、その後「ベンジャミン」(愛称はベンジーまたはベン)に変えられた。この時点では「ベンジー」ではなく「モウリー」であった。

〔13〕Thomson, Lawrence, "Mirror Analogues in The Sound and the Fury" in *William Faulkner: Three Decades of Criticism*, p.215.

第3章

ノラ・ロフツ「これからはぼくが――」

――高齢者の孤独を救う逆説的状況

序

ノラ・ロフツ（一九〇四－八三年）は、日本での知名度は低いが、英米ではかなり人気のあるベストセラー女流作家である。

二十世紀前半の英米文学は、文体やプロットなどがややもすると難解な方向に傾いていた嫌いがあるが、ロフツのストーリーは平易で、なおかつ、美しい英語で書かれている。事実、複数の国で、第二言語の教科書に作品が掲載されたこともある。読みやすいことばかりでなく、内容に深みがあることが、多数の読者を引きつけている要因と言える。

ロフツの作品の特徴は、ごく普通の人々の日常の心の葛藤を冷めた目で描いていることにある。ただし、それだけではなく、読者の予想を裏切る結末になっていることが多い。読者は、予測を裏切られたことに驚くと同時に、結末に込められた作者ロフツのメッセージをより鮮明に感じ取ることができる。今回取り上げる「これからはぼくが――」もそのひとつである。残酷で悲惨な状況に追い込まれる主人公に対して、作者は、同情的な視線を向けている、というよりか、感情を抑えた冷静なまなざしを向けている。それにより、読者は却って主人公の気持ちをよりよく理解できるようになっている。と同時に、作者が込めたメッセージがしっかりと読者に伝わる。

1　孤独な老嬢

独り暮らしのブレイシー夫人は、ささいな怪我から飼い犬を散歩に連れ出すことができなくなり、犬の散歩のための人捜しをしていた。その求人に若者が応募してくるところから物語が始まる。

受話器に快活な声が響いてきた。

「犬を散歩させる人間をお捜しだっていう広告のことで、お電話したんですが――」

「ええ、そうなんです。引き受けてくださいますの？」ブレイシー夫人は答えた。

「時間が合えばですけど」

「あ、それなら、ほとんどいつでもかまわないのよ」彼女は声に熱をこめた。「私ね、いまはまるっきり独りぼっちになって、それで自分じゃフリッツを散歩させられないの。フリッツはおかげでずいぶん太ってきちゃって――」彼女は、独り住まいをしていると人間はひどくおしゃべりになりがちだという事実を思い出した。何年も前彼女にまだ友達がいた頃、ほかの人々がそうなってゆく様子によく気づいたものだ。

「朝の八時と、それに夕方の、そうですね、六時頃とかならできるんですが」

「それで申し分ないわ、で、いつから始めてくださるの？」

「明朝からです」

「それはありがたいわ」

「それで、どうやってお伺いしたらいいんでしょうか」その広告はこの地方の日曜紙に今朝で三回出たのだけれど、ブレイシー夫人は電話番号しか載せていなかった。よからぬことを考えている輩には、こんな広告は自分が孤独で身体も弱いことをわざわざ教えてやることになりかねない、それを彼女は警戒していた、いや、臆病なくらいそれを怖がっていたのだ。いま、ようやく彼女は住所を教えた。セント・メアリー・スクエア、四番地――。

「あ、すぐにわかります」相手の声が言った。「では、のちほど[1]」


礼儀正しい好青年のトニーがやって来て、ブレイシー夫人の生活に変化が訪れる。電話で、自分でも気づいていながら、「おしゃべりに」応答してしまった彼女は、怪我で足を引きずるようになり、「とにかくできる限りは他人の世話になるまいと決心し」（八頁）、台所や居間兼寝室を、腰をかがめずに使えるように改装していた。怪我の前から片方の手の自由がきかないブレイシー夫人は、病院へ行く以外はほとんど外出せず、家の中で暮らしている。他者との会話も、通院時を除けば、週一回やって来る家政婦のロマックス夫人と、やはり週一回彼女の健康管理にやって来る看護師のシスター・ターンブル以外、まったく行われていない。この二人は、ブレイシー夫人にやさしく接してくれていて、決められた仕事以外にも彼女の世話をやいてくれる。また、ブレイシー夫人にとっては、格好の話し相手でもある。しかし、それはほんのいっときに過ぎない。

あの庭師の老人が生きていた頃は、お花だって何かしら生けてあったものだけれど、ああ、あの頃の日々はもう戻ってこないんだわ……。しかし、現実ははっきり見つめなければならなかった。彼女ほどの年齢になれば、ほとんどほかの誰よりも長生きしたことになるのだ。長寿島という孤島に置き去りにされたみたいに……。（九頁）

二十年前に夫に先立たれ（一五頁）、長くかかりつけていた医師も亡くなり（二一頁）、たまに人と短時間接するだけで、ブレイシー夫人は、文字通り「孤島に置き去りにされた」生活を送っている。そして「いまの私にどんな友達がいるっていうの？」（一六頁）と心の中でつぶやくとき、彼女が置かれた状況がよく理解できる。

2　ヒツジの仮面をかぶったオオカミ

他者との接触に飢えている老嬢のもとに、よく気が利く好青年が現れた。トニーは犬の散歩のほかに、ブレイシー夫人の身の回りの世話をするようになる。ブレイシー夫人にとっては、「かゆいところに手が届く」ことを行ってくれるありがたい存在となる。

朝の犬の散歩の後にトニーをコーヒーに誘い、ブレイシー夫人は「おしゃべりに」なる。彼女の話を聞いて、トニーもブレイシー夫人に好感を抱くが、ブレイシー夫人の方は、すぐにぞっこんの状態になる。買い物を頼んでも快く引き受けてくれて、それ以上のことも進んで行ってくれた。貧乏学生のトニーに対して、徐々に彼が身内であるかのように心配し始める。

二人の距離は縮まり、ブレイシー夫人はトニーに朝食を出し始め、次第に夕食にも誘うようになり、彼女の生活に活気が蘇り、味気なかった日々の生活に潤いが生まれてきた。

そんな矢先、トニーはふさぎ込んだ顔で現れる。ブレイシー夫人は、気がかりになって訳を尋ねると、間借りしている家の持ち主が代わり、追い出されそうだと打ち明ける。ロマックス夫人やシスター・ターンブルからも他人を家に入れるのはやめるように言われてきたのに、また、本人も慎重であったにもかかわらず、トニーのやさしさに負けて、ここに来るようにと提案してしまう。

トニーは、本来の犬の散歩以外にも、食事の準備など、けなげにブレイシー夫人の面倒をみる。一見ブレイシー夫人にとっては願ったり叶ったりの幸せな日々が始まるように思えた。しかし、友だちを呼んでちょっとしたパーティーを行いたいとトニーが申し出て、それを許したことから、ブレイシー夫人のもくろみが崩れていく。

パーティーが自分を含めたものだと思い込んでいたブレイシー夫人の期待は裏切られる。トニーは自分の部屋でブレイシー夫人抜きで行うのだった。

ブレイシー夫人は何とはなしに腹が立ってきた。だってそうじゃない、この家は私の家よ。ごくあたりまえの礼儀からいっても、友達の二、三人を連れてきて、こんばんはって言わせたってばちも当たらないでしょ。いまのところ、自分がすっかり忘れられた存在であるのは明らかだった。もう少したったら、自分で何か夕食の食べものを見つけてこなくてはならない。（二七頁）

家主に挨拶もせずに仲間がやってきた。ブレイシー夫人は、自分がのけ者になった寂しさを感じる。このときは、彼女はまだトニーがやさしい好青年であると信じ切っていた。トニーがブレイシー夫人の家に住み始める前に、庭師の手が入らなくなって荒れていた庭の手入れにトニーの友人ジェスがやってくる。傍若無人な彼は、ずけずけと家に入り、庭の手入れを行うが、ブレイシー夫人の目からは、手入れとはほど遠いものだった。しかし、ブレイシー夫人は、あのトニーの親切心からのことであるので、庭の結果とジェスの態度に対しての憤りを抑えてしまった。仕事を終えると、ジェスは「トニーの部屋」で待たせてくれと言う。

奇妙なことだが、彼女はそれがトニーの部屋だとはいままで一度も考えたことがなかった。それは自分の部屋のひとつであり、トニーはあくまでもお客様であった。（三四頁）

徐々にブレイシー夫人の考えとトニーの意図のあいだのズレが見え始めてくる。トニーは、かわいそうな身の上のジェスを泊めさせてくれるようにブレイシー夫人に願い出る。トニーのたっての頼みとして、ひと晩だけの条件で受け入れる。しかし、ジェスはその後もブレイシー夫人の家に居座ってしまう。それどころか、やがて正体不明の身重の女までもがいつのまにか家に住み着いてしまうのだ。ブレイシー夫人がトニーに見せた寛容さは見事に裏切られてしまう。彼女は「もっと早くに気づくべきだった」（五五頁）と後悔するが、全くの後の祭りで、無軌道な若者たちの餌食となってしまう。庭の手入れ代として渡したお金が、周り巡って、ジェスに提供した食事代としてジェスはブレイシー夫人に渡す。それをジェスは間借りの代金といつのまにかすり替えて主張する。

「それにょ、自分がはた目にどう映るかも考えてみることだな。物覚えが悪くって一度契約したものを忘れちまう女だとか、年がら年じゅう半分酔っぱらってる女だとか」

はっきり口に出して言われたこの残酷な言葉の一つひとつが、まるでムチのように彼女の身にくいこんだ。（五四頁）

晩に多少のウイスキーをたしなんでいたとはいえ、酔っ払い呼ばわりされ、多少記憶力に衰えが出てきているブレイシー夫人には、反論することができなくなっている。

こうして、若者たちはその本性をあらわにしたのだ。

3　罠――逆説的安堵感――

やがて、トニーがジェスの手下として機能していることが判明してくる。犬の散歩の仕事に応募してきたこと自体が、ブレイシー夫人にかけられた罠であったのだ。そう言えば、ジェスが庭の手入れに来たときのフリッツの態度が奇妙であった。

彼女は不自由な足取りでホールを横切り自分の部屋へはいると、フランス窓ごしに庭を指さした。相手の若者は彼女の身体をかすめるように乱暴に進み出た。フリッツは起き上がると、なんと尻尾を振りうれしそうな吠え声さえ上げた。憎たらしい犬だこと！　フリッツがトニーの世話になり出してから、もう何週間も過ぎていた。散歩に連れていってもらい、時々は食事もさせてもらい――それなのに、トニーに対してはこんなうれしそうに吠えてみせたことは一度もなかったのだ。若者が乱暴にフランス窓をぐいと引き開け、勢い余って近くのテーブルにぶつけたまま庭に出て行くと、フリッツもいそいそと後を追った。（三一頁）

さらに、初めてジェスを泊めた日の翌日、犬の散歩をトニーではなく、ジェスが行った。このときのフリッツの態度もおかしなものだった。

…それから何分もたたないうちに、ドアがわずかに開いてジェスの声がした。「さ、こっちへ来い！」それを聞くと役立たずのフリッツは喜び勇んで、彼女のベッドから駆けだし行ってしまった。首に革ひもをつけるだの、逃げ隠れするのをなだめすかすだのといった心配は一切無用だった。（三八頁）

ひとつの疑念が湧いてくる。犬の散歩はトニーではなく、実際にはジェスが行っていた、もしくは、散歩の途中で、フリッツの面倒をあらかたジェスが行っていた、と考えられるのだ。フリッツの不可解な行動の説明が付く。こうして、フリッツはジェスになつき、その結果として、ブレイシー夫人からフリッツもひきはなされてしまうのだ。定期的にブレイシー夫人の家を訪れているロマックス夫人やシスター・ターンブルもやがては寄りつかなくなるか、少なくとも、最小限の時間の滞在しかしなくなることは容易に推測できる。

若者たちに家を勝手に使われ、人は増えたものの、常に夫人のそばにいるフリッツまでもブレイシー夫人から離れ、以前にも増して、彼女の孤独感は深まっていく。

「それじゃ、わかったんだな！」男のこの最後のせりふは、彼女にはもう聞こえなかった。やがて意識が少しずつ戻り始め、それと一緒に絶望感が襲ってきた。仕方がなかった。こんな厳しい天候の中では、人間は生きのびることなどできはしない。どこかで安らぎを与えてもらわねば死ぬよりないのだから。

台所からは夕食の仕度をする物音がし始めた。二階からはラジオの音楽が聞こえてきた。洗面所の水を勢いよく流す音がし、例の娘はもう隠れる必要もなくなって声高に笑っていた。ブレイシー夫人は思った。こんなひどいことってないわ。でも、少なくとも、私は独りぼっちにならないで済んだのよ。そう、独りぼっちになるよりは……。（五五頁）

ストーリーは、無慈悲で冷酷な結末を迎える。だが、不思議なことに、ブレイシー夫人は、一種の安堵感を得るのだ。読者は、彼女に対して哀れみの感情を抱くと同時に、いかんともしがたいやりきれなさを感じる。

結語

この作品は、いわば「軒を貸して母屋を取られる」的悲劇を描いているが、社会から孤立しかねない人々に対してわれわれはどのように接していくべきなのか、を考えていく上で重要なきっかけとなる。ブレイシー夫人が置かれた状況は、飛躍が許されるならば、現代社会の縮図と言ってもよいかも知れない。独り暮らしの高齢者が孤独から逃れる方法のひとつに、他者との接触が挙げられる。しかし、ブレイシー夫人のように、隷従状態に甘んじてかろうじて他者と接触し、そこからわずかばかりの幸福感を得ることしかできないとしたら、いったいどうなのだろう。

「これからはぼくが――」は、作品発表から四十年近くが過ぎようとしている今でも、まったく色あせてはいない。それどころか、現代社会の状況を考えるとき、作品の輝きはさらに増していく。

主要参考文献

ノラ・ロフツ（著）『私の隣人はどこ?』（ノラ・ロフツ作品集VOL1）』野崎喜信訳、星雲社

ノラ・ロフツ（著）『老いの坂道』（ノラ・ロフツ作品集VOL4）』野崎喜信訳、星雲社

ノラ・ロフツ（著）『ノーフォーク物語』（ノラ・ロフツ作品集VOL6）』野崎喜信訳、星雲社

https://katharineedgar.com/2015/01/09/norah-lofts-and-why-you-should-read-her/

作者紹介と作品概略

ノラ・ロフツ（一九〇四−八三年）

二十世紀英国のベストセラー作家のひとり。イングランド東部のノーフォーク州に生まれ、のちにサフォーク州へ移り、そこで終生執筆活動をした。自分を「田舎者」と称し、外部との接触は少なく、もっぱら作品を書き続けていた。五十冊以上の著作があり、ノンフィクションや短編も手がけた。彼女の小説は、平易で読みやすい。しかし、内容に深みがあり、多くの読者の心を惹きつけるのが特徴である。また、数世代にわたりある一族の歴史をたどるものが多く、その代表がサフォーク三部作と呼ばれる作品群である。彼女の作品世界は、米国ノーベル賞作家ウィリアム・フォークナーのヨクナパトーファ・サーガに例えられる。ロフツは、長編ばかりでなく、短編作品でも才能を発揮した。一九三六年に全米図書賞受賞。映画化された作品もある。

「これからはぼくが――（Now You Have Me）」（『私の隣人はどこ?』（ノラ・ロフツ作品集VOL1）（野崎喜信訳）一九八八年）に収録

オリジナルは*Saving Face and Other Stories*（1983）に収められている。独り暮らしの老嬢の平穏な生活が、無軌道な若者たちに徐々によってかき乱され、次第にとんでもない状況になっていく。そのプロセスで、主人公のやりきれない孤独感と生活のわびしさが浮かび上がってくる。しかし、皮肉なことに、他人の家で好き勝手に振る舞う若者たちのエネルギーによって、その孤独感やわびしさがかき消されていくのであった。読者は、傍若無人に振る舞う若者たちに怒りや憎しみを覚えると同時に、結末部では、まったく奇妙なことに、一種の安堵感さえ感じてしまう。作者は、悲劇的結末を迎える主人公に対して、同情のまなざしを向けるのではなく、むしろ冷静な視線で、淡々と描いている。そうすることによって、却って、主人公の心情を効果的に読者に伝えている。

注

〔1〕ノラ・ロフツ（著）『私の隣人はどこ？』（ノラ・ロフツ作品集VOL1）』野崎嘉信（訳）星雲社、四―五頁。以下、本文の引用は頁数のみ示す。

第Ⅱ部

初期アメリカ文学

佐藤憲一

「アメリカ」は、一つの国家の名称であると同時に、近代という時代を特徴づけるひとつの現象でもある。そこは、少なくとも建前上は、人類が、血筋、職業、階級などといった因習的なくびきから解き放たれ、自由意思で集う場所であった。あるいは、人類が、そのような「夢」を共有できる場所であった。そこは、王侯貴族のいない、民主主義の政治体であり、過去よりも今、今よりも未来に価値がおかれる、近代の実験場であった。それゆえに、そこには常に激動がある。そもそも、十七世紀の移民開始がすでに当時の西洋世界にとっては、いやそれよりも、ネイティヴ・アメリカンにとって、大事件であった。それ以後、アメリカは常に激動を経験している。代表的な事例を挙げるだけでも、十八世紀のいわゆる「大覚醒」運動、独立戦争、十九世紀に至れば、米英戦争から南北戦争まで、二十世紀には二つの大戦、株の大暴落と消費主義の隆盛、ベトナム戦争、湾岸戦争。今世紀には、九・一一の惨事と、それに端を発するイラク侵攻。そして、誰もが予想だにしなかったドナルド・トランプの第四十五代大統領就任。アメリカ合衆国の足跡はいわば、人類が夢見た近代の、いささか残酷な帰結でもある、といえるだろう。

スコット・フィッツジェラルド（一八九六―一九四〇年）の『グレート・ギャッツビー（*Great Gatzby*）』（一九二五）は、このアメリカの持つ近代性の表裏を集約的にフィクションに昇華した作品という意味で、最も「アメリカ的」といえるものである。この作品が前景化するのは、アメリカとは何か、そこで暮らす人々はいったいどのような人々なのか、という極めて単純な問いだが、実はこれらの問いこそが、十七世紀の移民開始直後から書かれた、広義のアメリカ文学の根底に、「いつも・常に」存在する問いであった。いったい「アメリカ」とは何か。アメリカ文学は、国家が幾多の激動を経る中で、この問いを発し続けることを運命づけらた。アメリカ文学のテクストは、何を赦し、何を許さず、誰を救い、誰を救わなかったのか。そして、その背後には、どのような力学が働いているのか。以下の二章において、この問題をマクロな視点とミクロな視点から、考察してゆこう。

第4章

初期アメリカ文学史をめぐる諸問題とその展望

1　アメリカ合衆国の出発点

本章は、アメリカ文学史に固有の問題をあぶりだしたうえで、「英国化」という観点から初期アメリカ文学史が読み直される可能性を指摘したい。合衆国史と同様にこれまで様々な変動を経験してきた初期アメリカ文学史記述の問題はどこにあり、また、これらかどこへと向かおうとしているのだろうか。

現在「アメリカ合衆国」と呼ばれる国家体は、一七七六年七月四日の独立宣言によって成立した、とされる。しかし、後に「アメリカ」と名付けられる大陸が世界地図上に現れるのは、コロンブスの時代、すなわち国家の成立に先立つこと約三〇〇年の昔である。さらに遡れば、今日のアメリカ大陸に人類が移り住んだのは、バイキングの時代である、といわれる。ことほど左様に、アメリカ合衆国の起源は、遡ろうとすれば、太古の昔にまで、遡ることができる。

アメリカ合衆国の出発点は、いったいどこなのか。ある国の文学や文化を扱うにあたっては、その国の原初的な様態の考察は欠かせない。アメリカ合衆国の出発点をめぐる問いは、アメリカ文学の見方を大きく左右するため、これまで多くのアメリカ文学研究者を悩ませてきた。いや、近年のアメリカ文学研究者は、このことに頭を悩ませている、といったほうが正確だろう。ここで近年の、というのは、大まかにいって一九八〇年代頃までは、このことは現在ほどには問題にされていなかったからである。そのころまでは、合衆国の始まりは、主に十七世紀、具体的には、一六二〇年のピューリタン分離派の移民開始や一六三〇年の非分離派ピューリタンのマサチューセッツへの入植開始ということで、おおかた落ち着いていた。ペリー・ミラーやザクバン・バーコヴィッチといった、当時のこの分野におけるエース級の研究者たちの学説は、多かれ少なかれ、十七世紀におけるピューリタンたちの移民を、アメリカ合衆国という国家の萌芽的な様態を構築するものとしてとらえ、陰に陽に言祝いだ。そして、わが国の研究者たちも、基本的にはその図式を踏襲した。

2　つくられる「正史」

しかしながら、十七世紀におけるピューリタンの移民をそのままアメリカ合衆国の始まりとして理解してしまうことには、大きな問題が潜んでいた。つまりそれは、ピューリタンの移民開始は、アメリカ合衆国成立以前の北米大陸にみられる、数ある側面のひとつに過ぎない、ということだ。もっともわかりやすい例を挙げよう。北米には古来、ネイティヴ・アメリカンの様々な部族がいたはずである。しかし、アメリカ合衆国そしてその前史であるピューリタンを中心とした植民地期アメリカにおいては、ネイティヴ・アメリカンは、控えめに言って、確固たる地位を確立しているとはいえなかった。その結果、少なくともある時期までは、植民地期アメリカをめぐる記述は、ネイティヴ・アメリカンの存在をときには不可視化し、またときにはピューリタンにとって都合の良いように解釈するなどした。こうして、自分たちに都合の悪いものを見えなくしたり、捻じ曲げたりしてつくられたものをここではあえて「正史」と呼ぼう。

一九九〇年代にいたると、たとえば上記のような問題含みの「正史」が、もはやそのまま承認されることはできなくなった。第二次世界大戦後から後期冷戦時代にかけて半ば無意識的に承認されてきた一枚岩的な「正史」に支えられたアメリカ合衆国像は、マイノリティへの眼差しや、(本書では詳しく触れることができないが、)女性や子供たちへの眼差しの恢復によって、相対化と多様化を余儀なくされたのである。アメリカ合衆国は、それまでの「正史」が積極的に記述してきた人々、いわゆるＷＡＳＰ(White Anglo-Saxon Protestant; 白人・アングロサクソン民族・プロテスタント教徒)だけではなく、それが積極的に見えなくしてきた人々にも、支えられ、構成されている、という意識が主流になり、今日に至るまで「正史」は相対化されてきている。

3　ふたつの文学史

ここで、文学史に目を向けてみよう。長らくアメリカ文学史のスタンダードである『ケンブリッジ版アメリカ文学史』のふたつの版を比較すれば、このような意識の変遷を資料的に裏付けることができる。

比較するのは、一九一七年版（トレント他編・全三巻）と、二〇一五年に全八巻が完結し、現在はオンライン上の電子ブックとしても発売されている一九九四年の最新版（バーコヴィッチ他編・全八巻）のふたつのシリーズの、それぞれ第一巻である。

一九一七年版の文学史記述の起点は一五八三年に設定されており、冒頭第一部第一章（「旅行者と探検者たち、一五八三―一七六三」）で取り上げられているのは、「最初期の冒険者たち」「キャプテン・ジョン・スミス」「ニューファンドランド」「ウィリアム・ヴォーン」などである。続く第二章（「記録者（Historian）たち」）では、「初期ニューイングランドの記録者たち」「ジョン・ウィンスロップ」「ウィリアム・ブラッドフォード」らが取り上げられている。そのあとには「ピューリタンの聖職者たち」と題された第三章、もっぱらジョナサン・エドワーズを扱った第四章が続く（第一巻の最終章は第二部第九章「エマソン」）。ネイティヴ・アメリカンが取り扱われているのは、第一章に含まれている「インディアン捕囚物語」の節や、第二章中の「インディアン戦争をめぐる物語」という節に限られている。

では一九九四年版はどうか。まず、記述の起点は一五九〇年であり、一九一七年版とさほど変わらない（終章は「革命期および初期共和国期の文学」）。冒頭の章では、「植民地化の文学（Literature of Colonization）」がとり上げられ、その最初の節は「帝国の文書」と題されている。注目すべきは、これに続く「もともと住んでいた人々（Natural Inhabitants）」と題されている節であろう。「北米大陸に前から居住していた人々には、古くからの豊饒な口承文学の伝統があった」（三七）という一文で始まるこの節は、広義のネイティヴ・アメリカンの文学を取り扱うものである。そこではまた、インディアンの言語とコロンブスがどのように出会ったか、が問題にされている。七十七年前の版では死角になっていたところが、この版ではそれなりの分量をともなう考察の対象となっているのだ。このことは、その間のアメリカ文学史をめぐる研究状況の変容を明示している。

あるいは、単純に巻末のインデックスだけを比較してもよいかもしれない。一九一七年版のインデックスには、「アメリカン・インディアン（American Indian）」の項目も、「アメリカ原住民（Native American）」の項目もない。「インディアン（Indian）」の項目の下に登録されているのは、「インディアン捕囚物語（Indian Captivity, narratives of）」やフレノー（Freaneau）の *Indians Burning Ground* や *Indian Student* などといった、ネイティヴ・アメリカン「について」かかれた作品群にすぎない。これに対して九四年版のインデックスには、「アメリカン インディアン（Indians, American）」という項目ならびに「ネイティヴ・アメリカン（Native American）」という項目がそれぞれ独立して設けられ、その下で扱われている項目は、枚挙に暇がない。そこでは、ネイティヴ・アメリカンは、文学史記述の直接の対象になっているのである。

この意識の移り変わりをよく説明してくれるのは、九四年版の「序論」のなかの次の一節であろう。「私たちの「歴史」は、根本的に、複数の歴史である。つまりそれは、さまざまなアメリカ文学（American Literatures）が独立しながらかかわりあう（federated）歴史である」（三）。ここでは、「文学」が複数形（Literatures）になっていることに大きな意義を見出したい。これは、この文学史が様々な文学を文学としてみとめてゆくというマニフェストであり、それがひとつの「正史」という発想の対極にあることを如実に示す。

さらには、地域的なパースペクティヴに関しても、同じようなことがいえる。植民地期のアメリカを、他から、とりわけ宗主国であるイギリスから切り離して、単体で考えると、それは確かにアメリカ合衆国の起源であるかのように見えてしまう。おそらく無反省にこのスタンスを打ち出しているのは、一九一七年版の文学史である。この本の第一巻第一章は、次のような記述で始まる。「十七世紀の初期の間にアメリカ人になったイギリスの民衆は、自らが後にした土地で友人や親せきが使っていた言語を使い続けた」(二)。しかし、よく考えてみれば、当時の人々は、自分たちがのちにアメリカ合衆国と呼ばれることになる国家の礎を形作っているとは、誰一人考えていない。当時の人々がそのように考えることは、原理的に不可能である。彼/女達は、大英帝国の臣民として、北米の植民地に暮らしていただけなのである。

そのような彼/女達に「アメリカ合衆国の先人たち」としての意味を新たに付与したのが、アメリカ合衆国の国作り神話を必要とした、後世の歴史家であり、文学史家である。「合衆国建国父祖としてのピューリタンたち」というイメージは、実のところ彼/女達を大英帝国の臣民という共時的なコンテクストからいったん回収し、アメリカ合衆国の「正史」という通時的なコンテクストに接ぎ木したうえで、人為的に作られる類のものなのである。そのようにして作られるイメージに照らせば、宗主国である大英帝国のために身を尽くして働くピューリタンの姿というのは、適切ではないことは火を見るよりも明らかだ。それゆに、彼/女達の所作のある部分は不可視化され、最終的には合衆国の建国につながってゆくような所作のみが選択的に記述されてゆき、問題含みの「正史」が成立する。

ところで、こうしたある時期までに「正史」とされたものを、実情にそぐわない、不完全なものとして退けるのは簡単である。しかし、それがある時期までに「正史」とされたこともまた歴史の事実にほかならない以上、その「正史」の在り方や成り立ち、様態について精査することで、むしろその問題は発展的に解消され、かつ、批判的に継承されてゆくだろう。この意味において、アメリカ合衆国とりわけその文学史の「正史」が、それが書かれた時代の制約を受け、かつ、その要請にこたえた形で、人為的に作られたものであるという事実は、これからのアメリカ文学史の出発点として、精査および検証されなければならない。

4　ピューリタン・リサイクル

アメリカ合衆国は、世界史上初の近代移民国家である。この点において、アメリカ合衆国は、日本やイギリスとは国家の成り立ちが完全に異なる。もちろん、日本やイギリスにも、とくに近代以降においては、多数の移民が流入しており、また、たとえば日本においては沖縄や北海道、イギリスにおいてはスコットランドやウエールズといったような地域が抱合されているように、両国はともに「日本人」「イングランド人」のみから成り立つ単一民族国家ではない。しかしそれでもなお、アメリカ合衆国が日本やイギリスなどとは一線を画する移民国家であるといえるのは、建国時にその構成員の大半がイギリスおよび他のヨーロッパ地域からの移民であったという事実による。

もちろん、日本人もイギリス人も、もともとは他地域からの移民である。しかし、それらは近代以前の移民であり、近代においてはすでに土着民として定着していた。近代の時点ですでに彼／女達は、古事記や日本書紀、アーサー王伝説などといった、国作り神話を共有していたのである。これに対して、後にアメリカ合衆国となる北米への移民が始まるのはいわゆる初期近代においてであり、移民たちはもともとイギリス人であったから、その時点で新たな国作り神話を共有する必要などもちろん、ない。

それが必要になってくるのは、アメリカ合衆国が宗主国イギリスから独立した後である。国民を統合する物語としての国作り神話の必要性は、移民国家であればこそ、他の国家よりも切実であった。そうした喫緊の必要性の下で、いわばターゲットになったのは、最初期に北米に移民したピューリタンの文書である。たとえば、一六二〇年にメイフラワー号にて新大陸を目指した分離派ピューリタンは、その構成員間で「メイフラワー盟約」とよばれる文書を交わした。旧暦の一六二〇年十一月十一日、イングランドからアメリカへと向かう船上で交わされた盟約は、植民地全体の善のための社会システムを構築し、かつ、維持してゆくことを主目的とするものである。


バージニアの北部に最初の植民地を建設するために航海を企て、開拓地のより良き秩序と維持、および前述の目的の促進のために、神と互いの前において厳粛にかつ互いに契約を交わし、我々みずからを政治的な市民団体に結合することにした。これを制定することにより、その時々に植民地の全体的善に最も良く合致し都合の良いと考えられるように、公正で平等な法、条例、法、憲法や役職をつくり、それらに対して我々は当然の服従と従順を約束する。(Bradford, 17)

ここで試みにグーグル検索の小窓に「Mayflower Compact」と入れて検索をかけてみよう。すると、「ウィキペディア」などと並んで上位に現れる一般向けの歴史愛好者向けのサイト、たとえば、History.comの記述「メイフラワー盟約はなぜ重要か?」には、次のような記述が見える。

メイフラワー盟約が重要といえるのは、それが新世界における自己統治を確立した最初の文書だからである。盟約は、プリマス植民地がマサチューセッツ植民地に統合される一六九一年まで有効であった。

メイフラワー盟約は早い時期の民主主義的な試みの成功例であり、植民者たちが将来イギリス支配からの独立を模索し、最終的にはアメリカ合衆国となる国家を形成する際に一定の役割を果たしたことは、疑いない。

(https://www.history.com/topics/mayflower-compact 二〇一八年一〇月二〇日確認)

この引用の、最初のパラグラフは、盟約の意義を的確にまとめており、特段の瑕疵はないものと考えられる。問題は、ふたつ目のパラグラフである。盟約が「早い時期の民主主義的な試みの成功例」である、というのはさしたる過言ではないとも思われる。しかしそれが、植民者たちが「イギリス支配からの独立を模索し、最終的にはアメリカ合衆国となる国家を形成する際に一定の役割を果たした」というのは、俄かには受け入れられない。そもそも前段において一六九一年までしか有効ではなかったとされている盟約が、なぜ、そして、どのようにして、その後も一定の役割を果しうるのであろうか。

もちろん、歴史を愛好する一般市民向けのサイトの揚げ足を取るのがここでの目的ではない。注目すべきは、二十一世紀にいたっても、都合の良い「正史」としての国作り神話が、少なくとも一般の読者の間では、しぶとく生き延びているという紛れもない事実である。

次の事例をみてみよう。一六三〇年に大規模移民を開始した非分離派のピューリタン指導者ジョン・ウィンスロップは、イングランドを後にした帆船アーベラ号の戦場で、新大陸において彼／彼女達が建設することになる社会の理想像を、次のように規定した。

私たちは、自らが丘の上の町になることをよく理解しておかねばならない。人々の目は私たちに向けられる。それゆえに、もし私たちが新大陸における務めを遂行するにあたり神をぞんざいに扱うようなことがあれば、神は私たちに差し伸べた手を引っ込めることであろう。(Winthrop, 7)

この演説(=speech; ウィンスロップは聖職者ではなかったので、「説教」(=sermon)ではない)の要諦は、植民地における行動規範を「誰に見られても恥ずかしくない」というところに設定している点にある。メイフラワー盟約と同様に、あくまでイギリス人たちが建設しようとした新社会における規範を定めたレトリックがしかし、代表的にはケネディやレーガン、そしてオバマなどといった、歴代のアメリカ合衆国大統領にしばしば引用されてきたことは、周知の事実である。つまり、現代のアメリカはこのイギリス人向けの文言を、見事に我が物としているのである。ここでは、代表的な例として、合衆国第四〇代大統領ロナルド・レーガンの演説からの一節を引用しておこう。

今年の選挙戦で私がウィンスロップの言葉を引用したのは、一度にとどまらない。というのも、一九八〇年のアメリカは、大昔の移民たちと同様に、あらゆる面において、輝ける「丘の上の町」のビジョンと深く関係しているのだから。(Election Eve Address "A Vision for America" November 3, 1980)

ウィンスロップは元来非分離派のピューリタンであった。非分離派とは、英国国教会の新たなモデルを新大陸において構築し、それを本国に逆輸入すること目論んだ一派である。つまり、もともとウィンスロップが「誰に見られても恥ずかしくない」ように建設しようとしたのは、イギリスであって、アメリカではない。仮にウィンスロップが現代によみがえり、自らの「丘の上の町」演説が、本国から「分離」してしまったアメリカ合衆国において、これほどまでにリサイクルされ、使いまわされていることを知れば、必ずや当惑することであろう。

5　文学史記述のパワーバランス

とはいえ、もう一度繰り返すが、これらの牽強付会ともいうべきピューリタン・リサイクルの数々は、無下に否定されてはならない。そのような再利用は、必ず何らかのニーズによるものであり、わたしたちはそのニーズを成立させている諸要素にこそ、目を向けなければならない。そしてその諸要素とは、先に示しておいた通り、アメリカが移民国家であり、かつ、比較的歴史の浅い国家である、という二点に、ひとまずは集約されよう。十八世紀末にイギリスから独立し、国家としてスタートを切ったアメリカ合衆国は、その「国民」をたばねるひとつの「物語」を必要とした。そこで、本来イギリス人であったはずのピューリタンが残した記録は、再活性化され、新たな意味が付与されたのである。

この事態について、文学史的観点から更なる考察を加えてみよう。何度も繰り返してきた通り、十七世紀の移民にあたって多くの記録を残したピューリタンは本来的にイギリス人なのであり、仮に彼／女達のために紙幅を割こうとする文学史があるとすれば、それは第一義的にはイギリス文学史でなければならないはずである。それは、彼／女達が単にイギリス人であるからという外面的な理由だけではない。彼／女達の文学的素養という内面的な理由からも、いえることだ。名だたるピューリタンの指導者たちは、程度の差こそあれ、ミルトンやシェイクスピアを生みだした十七世紀イギリスで教育を受けているのである。それにもかかわらず、彼／女達がいま、イギリス文学史のもとで語られることはない。彼／女達は必ず、アメリカ文学史の枠組みの中で語られる。仮に今後出版されるイギリス文学史が、北米に渡ったピューリタンたちの記録をイギリス文学の一部として記述しようとするなら、それは良くも悪くも、一大センセーションを巻き起こすことであろう。しかし、そのようなことが今後、起こりうるとは、考えにくい。仮にアメリカがイギリスから独立せずに今日に至っていたら、と考えてみよう。いうまでもなく、ピューリタン文学はまがうことなく英文学の一部門であったはずである。こう考えると、ピューリタン文学がアメリカ文学史の一部である理由が見えてくるのではないか。ピューリタン文学は、もともとアメリカ文学史であったのではない。それは、ある時点で、象徴的にはアメリカの政治的独立により、アメリカ文学史の一部に「なった」のである。文学史の記述は、こうしたいわばパワーバランスの賜物である側面が強い。そして、そうであればこそ、それらの文学史の記述が、作品やテクストの共時的な在り方を必ずしも正確に表象するものではないことを念頭におかねばならない。

6　アメリカ文学のアイデンティティ

さらに、独立後のアメリカ文学に関して、別の角度から考察を加えてみよう。先に、独立後のアメリカ合衆国は「国民」をたばねるひとつの「物語」を必要とした、と指摘しておいた。それでは、この「国民」の「物語」は、どのような言語で語られるべきだろうか。「国民」の「言語」で語られるべき、というのが模範的な回答だろう。では、アメリカ「国民」にとっての「言語」とは何語だろうか。もちろん、英語である。しかし、英語はもともと、イギリス人の言語であり、アメリカ人固有の言語ではない。ここに、近代国家として独立したアメリカ合衆国の文学的苦境が縮約されている。

近代文学は往々にして「一国、一言語、一国文学」の枠組みのもとに発展した。「英国、英語、英文学」しかり、「フランス、フランス語、フランス文学」しかり、である。近代においては、ある国家における文学的アイデンティティは、その国固有の言語で発現してゆくというモデルが主流であった。これに対してアメリカが独立によって手にしてしまったのは「アメリカ、英語、アメリカ文学」という枠組みである。アメリカは、自国の文学的アイデンティティを旧宗主国の言語によって表現するしかない、という窮地に追い込まれたのである。ひとことでいえば、アメリカ文学は、たとえばロシア文学やフランス文学のように（もちろん、ロシア文学やフランス文学にも、ロシア人やフランス人以外の書き手がいるが、少なくとも近代においてそうした人々は主流ではなかった）、その使用言語だけをもってして他国の文学との差別化を図ることは、できなかった。使用言語だけで判断するのであれば、それは、常に英（＝イギリス）文学になってしまうのである。

ここで問題をより具体化しよう。独立後のアメリカ文学にとって大問題であったのは、同じ言語で書かれているイギリス文学との差別化をどのように企図するか、ということであった。この問題に対しては、ふたつのアプローチが考えられる。ひとつは、アメリカ独自の言語を考案することである。実際、あまり知られてはいないが、革命直後の時期においてアメリカ英語をイギリス英語とは別の言語として位置付ける可能性が模索されたこともある。もうひとつは、使用言語だけによる差別化をあきらめ、内容や形式による差別化を図ることである。そして実際にアメリカ文学は、後者に舵を切ったと考えられる。十九世紀半ばの、いわゆるアメリカンルネサンスの作家たちは、植民地時代の日常（ホーソーン『緋文字』）や、当時世界でも最先端を行っていた捕鯨（メルヴィル『白鯨』）など、アメリカ独自の環境をその題材にとり、文学的アイデンティティの確立に専心した。ピューリタンが書き残したものをイギリスから回収し、アメリカの歴史的文脈に接ぎ木するという所作も、この線で行われたとみてよい。独立後の歴史家たちは、ピューリタンの記録の中に、アメリカ合衆国の萌芽的様態を見出し、近代国家アメリカのアイデンティティの土台となる「物語」を人工的に創り出した。いや、より正確には、作り出さざるを得なかったのである。

7 「Anglicization（イギリス化）」

この章の最後では、以上で確認した問題点を念頭におきながら、アメリカ合衆国の独立という政治的事件の意義を捉えなおし、その文学史的な意義について考察してみよう。

アメリカの独立はしばしば「アメリカ革命（American Revolution）」とよばれる。『ブリタニカ国際大百科事典』(https://kotobank.jp/word/革命-43816) によれば、革命とは「統治体制が急激かつ根底的に変革されること。通常は超法規的に進行し、しばしば武装した大衆、あるいは軍隊の一部による実力の行使を伴う」ような事態を指す。この意味において、アメリカの独立は間違いなく「革命」であったといえよう。

しかし注意しなければならないのは、「革命」にいたるプロセスに関する、暗黙の了解である。アメリカの独立をめぐってもっとも一般的なのは、宗主国イギリスによる締め付けの強化に憤慨した民衆が、後に建国父祖と呼ばれることになる支配層の指導の下、宗主国との闘いに勝利し、ついにはアメリカの独立を言祝ぐ、という構図であろう。

もちろん、その構図自体は誤りではない。しかし、このモデルの時系列と同方向に、アメリカやアメリカ人意識の高まりを読み込んでゆくことは誤りである、とは歴史家ジョン・M・マリン (John M. Murrin) の指摘である。マリンは、残念ながらわが国ではほぼ等閑視されているが、それによって植民地期アメリカの文学史記述が完全に刷新されてしまうほどに重要な概念を提唱している。それは、植民地期アメリカにおける「Anglicization (イギリス化)」という概念である。マリンによれば、「イギリス化」には、次のふたつの側面があるという。

(一) イギリスから独立することになる北米十三植民地は、革命前夜においてはもっともイギリス化していた。

(二) アメリカらしさに対する明瞭な意識ではなく、むしろ北米十三植民地で共有されていたイギリスらしさに対する意識こそがアメリカ革命の大義を形成し、かつ、初期共和国（＝アメリカ合衆国）を形作った。（Gallup-Diaz, et al. 1）

これを簡潔にまとめると、アメリカに独立をもたらしたのは、民衆のアメリカらしさに対する意識の高まりではなく、北米十三州のイギリスらしさに対する意識の高まりであった、ということになる。これは、私たちが黙認してきた従来の参照枠、つまり、植民地においては十七世紀の移民開始から、時間の進行とともにアメリカに対する意識が高まってゆき、合衆国の独立はその結実である、という整理の仕方と正反対である。

この概念の下では、植民地が最も「アメリカ的」であった（＝同時期のイギリスの状態からかけ離れていた）のは、移民直後の十七世紀であるということになる。そして、その後は徐々に「イギリス化」して（＝同時期のイギリスの状態に近づいて）ゆく。このプロセスは、大英帝国の伸張と並行している。ひとことでいえば、「帝国化」である。環大西洋的な観点からみれば、米植民地は移民から時間を経るにつれて大英帝国の配下で徐々に「イギリス化」してゆき、またその居住者は「イギリス臣民化」してゆくのであり、その逆ではない、ということになる。そして最終的に独立したアメリカ合衆国とは、大英帝国の不備を修正し、より理想的な形に昇華させた、つまり徹底的に「イギリス化」した、一地域なのである。

十八世紀後半に独立した北米十三州は、アメリカ合衆国という新たな国家であると同時に、あるいはそれ以上に、同時代的には大英帝国の最終形態であった。この視座を承認すれば、アメリカ合衆国の起源あるいは萌芽的様態とされてきたほぼすべての文学テクストや文化的事象は大きくその意味を更新せざるをえないだろう。ウィンスロップやブラッドフォード、エドワーズやフランクリンのテクストは、北米植民地のイギリス化という大きな動向に照らして再検討が要請されるであろうし、そもそも合衆国の起源自体が皮肉にも宗主国イギリスの帝国化の中に回収されてしまうことになる。しかしそれでもなお、それまでの参照枠では不可視化されてきた共時性を回復するという意味において、この視座は非常に重要な意味を持つ。

ひらたくいえば、社会が徐々に「イギリス化」してゆくという感覚は、当時紛れもなく「イギリス人」であった北米植民地の人々の感覚に近いはずである。また、アメリカ合衆国は、独立を成し遂げた後になって、なぜ、突如としてその文学的アイデンティティの欠如という問題に行き当たり、慌てふためくのかという疑問に対する回答も、ここにあると考えられる。人々の間では、新しい国家に対する準備が、全くできていなかった。アメリカらしさに対する意識は、もともとあったのではなく、独立後に、急激に高まったのである。逆に言えば、十八世紀末にいたるまでの北米大陸は、それほどまでに「イギリス化」していたということだ。

建国父祖の一人とされるベンジャミン・フランクリンが、一七五一年に手稿のまま流通させた、あるパンフレットがある。「世界における人口の増加、植民活動等についての考察（Observations Concerning the Increase of Mankind, Peopling of Countries, etc.）」と題された小文は、後にマルサスの激賞するところとなり、その影響でチャールズ・ダーウィンにも読まれた、人口増加とそのコントロールをめぐるパンフレットであるが、その中には次のような記述がある。

イングランドからアメリカに移民が始まって以来、移民たちはアメリカを本拠とし、人数も増えてきた。なのになぜ、パラティンの田舎者（Palatine Boors）たちがわざわざ私たちの居住地に群れを成してやってきて、私たちの習慣や言語を排し、彼らの習慣や言語をこの地において確立するのだろうか。イングランド人が建設したこのペンシルバニアが、なぜ外国人のものになるのか。彼らは早晩、私たちを数でしのぎ、私たちをイギリス化（Anglifying）するかわりに、ドイツ化するであろう。彼らは我々の言語や慣習を身に付けることなどなく、当然、気質の面でも私たちのようにはならないであろう。

ここでフランクリンが問題にしているのは、「私たちイングランド人」が建設した植民地に多数の「パラティンの田舎者」（当時のドイツ地方及びオランダからの移民に対する蔑称）が流入する、という事態である。見逃せないのは、「私たち」が「外国人」を「イギリス化（Anglifying）」するのではなく、「外国人」たちが「私たち」を「ドイツ化」してしまう、という危惧を抱いている点だ。後の一七五五年に出版される版においては、「ドイツ人」の反発からこの個所は削除されてしまうが、しかしこのレトリックは、イギリス人フランクリンにとって北米の「イギリス化」が優先事項であったことを、図らずも示唆している。これは、独立宣言が採択されるわずか二十五年前のことである。

ここでフランクリンが述べている「イギリス化（Anglifying）」とは、マリンの「イギリス化（Anglicization）」とほぼ同義であると考えられる。マリンの「イギリス化」は、この意味において、同時代性を持つと考えてよいだろう。もちろん、この「イギリス化」の波は、北米植民地に一様に、完全に押し寄せたわけではない。時代、地域、そして行為主体によって、受けた影響も異なったはずである。それでもなお、この視座をひとつの参照枠として採用しながら初期アメリカ文学史を再考することは、これまで見えてこなかった様々なレベルの記述の同時代性を恢復することにつながるのではないか。たとえば、ブラッドフォードやウィンスロップに率いられた十七世紀のピューリタンたちは、プリマスやマサチューセッツを、どんどんイギリス化していったといえるのではないか。つまり、彼らがアメリカ合衆国の原型となる共同体を形作ったというのは、歴史的に見ればひとつの望ましい現実に過ぎず、実際にはそうではなかった可能性が多分にあるということである。従来の初期アメリカ文学史観に照らせば、こうした新たな読みはすべて不都合な真実かもしれない。しかしその先には、初期アメリカ文学史のフロンティアが広がっているはずである。

主要参考文献

Bradford, William, et. al. *The Mayflower papers : selected writings of colonial New England*. New York. Penguin: 1987.
Gallup-Diaz, Ignacio, et al. eds. *Anglicizing America: Empire, Revolution, Republic*. U of Pennsylvania P, 2015.
Trent, William Peterfield, ed. *The Cambridge history of American literature*. Vol. 1 Cambridge UP, 1917.
Franklin, Benjamin. "Observations Concerning the Increase of Mankind."(1751)
Bercovitch, Sacvan. The Cambridge history of American literature. Vol. 1 Cambridge UP, 1994.
Wintrhop, John. *The journal of John Winthrop, 1630-1649*. Richard S. Dunn and Laetitia Yeandl eds. Belknap Press of Harvard UP, 1996

作者紹介と作品概略

ウィリアム・ブラッドフォード（一五九〇－一六五七年）

一五九〇年、イングランドのヨークシャー生まれ。分離派のピューリタン。ジェームズ一世により迫害を逃れ一六〇八年に宗教的に寛容であったオランダのライデンに渡航。当地で結婚し子供をもうけたうえで一六二〇年、いったんイングランドに戻り、その後メイフラワー号にて、アメリカに渡る。新大陸ではプリマス植民地の総督となり、植民地の維持に尽力。彼が残した『プリマス植民地について（Of Plymouth Plantation）』は、アメリカ渡航直後の一六三〇年から彼の死に至る一六五七年までの、貴重な記録である。

ジョン・ウィンスロップ（一五八八―一六四九年）

一五八七年、イングランドのエドワードストーン生まれ。非分離派のピューリタン。一六三〇年、アーベラ号を率いて新大陸に渡り、マサチューセッツ湾植民地総督となる。コネチカット植民地を創始したジョン・ウィンスロップ・ジュニアはその長子で、それ以後も同名（ジョン・ウィンスロップ）の子孫が連なり、ニューイングランドの名家を形成した。一六四九年の死去まで記録された日記は、十九世紀にその子孫の一人によって編纂・出版され、『日記』とも『歴史』とも呼ばれる、初期アメリカ文学の貴重な資料となっている。

ベンジャミン・フランクリン（一七〇六―九〇年）

一七〇六年ボストン生まれ。知識人・政治家・外交官など、多様な顔をもつ。一〇歳で教育を終え、その後は印刷業や文筆業などに従事しながら、独力で功成り名を遂げた。もともとは王党派であったが、最終的には独立宣言を起草し、建国の父の一人に数えられる。その『自伝』は、最初のアメリカンドリームともいわれ、今日まで広く読まれている。フランクリンストーブや避雷針の発明などでも有名。一七九〇年の死去に際しては、国葬が執り行われた。

第5章

ピューリタンと「オランダ人」

——アメリカ合衆国の多様性の起源

序

本章では、前章で検討したアメリカ文学史・文学研究の諸問題を踏まえたうえで、これまで広く注目されてこなかった、ピューリタンとオランダ人との関係を取り上げたい。扱うのは、ピューリタンによる日記記述である。その代表作であるブラッドフォードの『プリマス植民地について』やウィンスロップの『日記』は、初期アメリカ文学における「正典(カノン)」、つまりこの分野においては、誰もが読むべきテクストとされてきた。

しかし、実際はそのすべてを網羅的に読み込み、その文学的特質について記述することは、不可能である。というのも、これらのテクストは、出版されることを前提として書かれていないため、記述は植民地の運営に関わる公的なことから家族や隣人についての雑感などといった私的なことにまで及び、そこに一貫性を見出すのは難しいからである。一九世紀に至り、いわば「人工的に」まとめられたこれらのテクストには、多くの箇所がこれまで未検証のままとされてきた。逆にいえば、どこが分析の対象とされるか、という点に、その時代のアメリカ文学研究の興味が縮約的に現れているといってもよいだろう。そしてこうした従来未検証の箇所、つまりこれまでの読みや研究の間隙を突くことで、テクストやその書き手に対する理解を更新するのが、新歴史主義と呼ばれる批評が好んで採用する手法である。本章も、このような新歴史主義的なアプローチでピューリタンの代表的なテクストを読み直す試みである。

1　ピューリタンと「オランダ人」表象

今日「ニューヨーク」と呼ばれる地域は、かつては「ニューアムステルダム」と呼ばれていた。その名称からも容易に想像がつくように、そこはかつてはオランダ領であり、都市の基盤を形作るにあたって主導的な役割を果たしたのは、オランダからの移民である。しかしこの地は、紆余曲折を経て一六六四年にイギリス領となり、その名もイギリスの王侯にちなんで「ニューヨーク」と名前を変え、世紀が進むと「人種のるつぼ（Melting Pot）」あるいは近年においては「サラダボウル（Salad Bowel）」などと称される、移民国家アメリカ合衆国の多様性を象徴する都市となる。

「ニューヨーク」がかつて「ニューアムステルダム」であったという事実は、比較的よく知られていると考えられるが、その英領編入に際して主導的な役割を果たしたのが、ニューイングランドのピューリタンであったということはあまり知られていない。そこには、そもそも、伝統的なニューイングランド研究やピューリタン研究は、ピューリタンと「オランダ人（Dutch）」との関係をほとんど等閑視してきたという事情がある。たとえば、古典的なニューイングランド研究であるペリー・ミラー（Perry Miller）の『荒野への使命（*Errand into Wilderness*）』（一九五六年）から、二〇一一年に改訂新版が出版されたザクバン・

バーコヴィッチ（Sacvan Bercovitch）の『アメリカ的自我のピューリタン起源（*Puritan Origins of the American Self*）』（一九七五年、二〇一一年）に至る当該分野の代表的な成果において、オランダ人への言及は――奇妙なことに――まったくない。

こうした、ニューイングランドとニューアムステルダム、すなわち、ピューリタンとオランダ人との関係性をめぐる視点の不気味なまでの不在は、初期アメリカ文学史研究にとって、大きな欠落と言わざるをえない。前章でみておいたように、一九八〇年台以降の初期アメリカ文学・文化研究は、あらゆる面での相対化という大きな流れの中にある。ニューアムステルダムおよびニューヨークに関しては、近年、ラッセル・ショート（Russell Shorto）の『世界の中心の島（*The Island of the Center of the World*）』（二〇〇五年）を皮切りに、「アメリカ最初の混成社会」（Shorto 300）が後のアメリカ合衆国に与えた政治的・文化的意義を再検討する機運が高まりつつある。その一方で、いわゆる「WASP」に支配されないニューアムステルダムおよびニューヨークのあり方と、ピューリタニズムが支配的であったニューイングランドの精神性が包括的に論じられたことは、国内外を通じてほとんどないと思われる。こうした研究動向を省みつつ本章では、ピューリタンのテクストに出現するオランダ人の表象の成り立ちにメスを入れ、彼らがオランダ人をその「ヒストリー」に記録するさいのレトリックのありかたを批判的に検証してみたい。そのうえで、これも前章で確認しておいた概念である、「イギリス化」という機軸を適用することも、忘れないでおこう。繰り返すが、もはやWASP中心の「正史」は脱中心化され、これまで聞かれなかった声や、かつては読まれなかったテクストが、私たちを待ち受けている。そのひとつの典型的な例がオランダ人の声であり、オランダ人をめぐるテクストなのである。

2　ピューリタンにおける「ヒストリー」

ここで、具体的なテクストの分析に入る前に、十七世紀ピューリタンにとって「ヒストリー（history）」とはいかなるものであったかという点について、従来の評価も含めて、概観しておきたい。

分離派のウィリアム・ブラッドフォードしかり、非分離派のジョン・ウィンスロップしかり、イングランドからアメリカに移住したピューリタンは多くの場合「ヒストリー」という語をその表題に含む書物を残している。前者は*History of Plymouth Plantation*が、後者は*History of New England*がよく知られているが、注意しなければならないのは、これらの*History*はともに、今日的な意味における「歴史」ではなく、「記録」の意味、Natural Hhistoryの訳語「自然誌」にみられるような、「誌」の意味に近い、という点である。この意味での「ヒストリー」は、複数の出来事が因果関係によって関連付けられ、ひとつの極に向かって展開してゆく、という直線的かつ合目的的な「歴史」ではない。これは、近代以降に成立した学としての「歴史」観であり、ピューリタンが北米移住を始めた初期近代には、まだそのような考え方は成立していない。

彼らが物した「ヒストリー」とは、日々の活動の記録や備忘録、それらに対する省察であり、そこに

「歴史的」な価値があることは積極的に認めなければならないが、しかしそれは体系的な「歴史」ではなく、半ば思い付きで書かれた、断片的なテクストのつぎはぎとでもいうべき代物である。それらがしばしば「日記（Journal）」と呼ばれるのもそのためで、個人の日記がそうであるように、そこに統一的な原理や指針、文体の美しさなどを見出すのは極めて難しい。むろん、信心深いキリスト教徒であるピューリタンたちは、神の御心に従って植民活動を行っているという使命感に満ち溢れており、それが彼らのヒストリーを貫くひとつの指針にはなっているものの、彼らはしばしばその使命感から逸脱し、あるいは使命感を逆手にとり、自由奔放に筆を滑らせている。

以上を考慮するならば、ピューリタンが残したテクストは、二重の意味において、従来の伝統的な「文学研究」の対象にはなりえなかったことがわかるだろう。それは第一義的に「文学」、つまり、虚構のテクストではない。それまた、しばしば良質の歴史書がもつとされる「文学性」を、つまり、統一的な原理や指針、文体の美しさを、持ち合わせない。このように、ピューリタンの「ヒストリー」が中心のない断片の集積に過ぎないことは、ある時期までは「弱点」と考えられ、またそれゆえに、学問的な議論の俎上に載ることは、まれであった。しかしそれが、八十年代以降の研究動向のもとでは「強み」に様変わりする。直線的な合目的性を機軸とする近代の文学観や歴史観によって捨象された声が、救い出されてゆくのである。

3　ニューイングランドピューリタンにとっての「オランダ人」

ニューイングランドに移住したピューリタンが最初に遭遇した「他者」は、いうまでもなくネイティヴ・アメリカンであった。これは、ある意味においては「わかりやすい」他者である。実際、ピューリタンが残したテクストには、ネイティヴ・アメリカンが頻繁に登場し、そのことは彼らの興味を裏付けている。

一方、ネイティヴ・アメリカンほどではないにせよ、しばしば彼らのテクストに登場する、彼ら以外の人々がいる。それが「オランダ人（Dutch）」である。ニューイングランドピューリタンにとってのオランダ人は、帰属する国家が異なる以上、他者といえば他者ではある。しかし、キリスト教、とくに、プロテスタントを奉ずるという点では、完全に異教徒であるネイティヴ・アメリカンほどには、他者ではない。詳細は別稿（佐藤 2016）に譲るが、ニューイングランドピューリタンにとってのオランダ人は、一枚岩的には御しがたい「他者」であった。完全なる他者であるネイティヴ・アメリカンと、聖書的な使命に燃え、植民活動に邁進する私たちの間にいるこのオランダ人たちを、どうすればよいのか。オランダ人は、ときに貿易上の競争相手として、ときにネイティヴ・アメリカンと戦うための同盟として、いつも常にそこにいる。ニューイングランドを縦横に駆け巡るオランダ人の立ち位置は、なかなか定まらないのである。畢竟、ピューリタンのオランダ人に関する「ヒストリー」も揺れ動くことになる。

4　一六四三年十一月二日に何が起きたか

その揺らぎを、表象のレベルで検証してみよう。ジョン・ウィンスロップの『日記』一六四三年十一月二日のエントリーは、次のように始まる。

この頃、ダニエル・パトリック（Daniel Patrick）船長がスタンフォードで、オランダ人によって殺された。銃殺であった。私たちはオランダ（そこでは彼は王子の警護をする二等兵であった）から逃げ出してきたこの船長を、植民地の男たちに軍事教練を施してもらうために、受け入れた。

（Winthrop, 364）

衝撃的とさえいえる書き出しである。果たして、ここでのウィンスロップは起きたことを単純に記録しているのだろうか。それが「事実」であるかどうかについて、検討の余地はないのだろうか。

米国議会図書館に残る記録（*Winthrop Ppapers*）によれば、ここに登場するダニエル・パトリックなる男は、一六〇五年にオランダのデン・ハーグ（Ten Hague）で生まれ、一六三〇年にマサチューセッツ湾植民地にやってきている、オランダ人である。ここでウィンスロップがわざわざ「オランダ人によって殺された」と書くことにより、殺すのも殺されるのもオランダ人である、ということがこの逸話のいわば通奏低音となっている。続けて日記記述は、ピューリタンたちがパトリックに船長の称号と植民地内への居住権を与えたうえで、最終的にはウオータータウンの教会員として迎え入れたことを記録している。ここまではパトリックに対して非常に好意的であった記述が、「しかし」の一言で豹変する。

しかしその後パトリックは高慢かつ不埒になり、顔立ちも性格もよいオランダ人の妻を持つ身であったにもかかわらず、彼女を忌み嫌い、別の女性たちを追いかけたのであった。(Winthrop, 364)

いったんは教会の構成員として認めたはずのオランダ人の裏切りに対する憤りはむしろウィンスロップの筆致をなめらかにしたようで、この引用に続く部分では、植民地内におけるパトリックの所業の詳細が批判的に記述される。それによれば、不倫を教会に悟られたことに気がついたパトリックはニューイングランドを後にし、母国オランダの領土内に逃げ込み、悪いことにそこで、ウオータータウンの教会籍を残したままで、別の教会の教会員となってしまう。しかしそこで「インディアン」の蜂起があり、ニューイングランド領内のスタンフォードに舞い戻ったところを、殺されたという。ウィンスロップによればこれは、邪悪な生き方の、そして教会および妻との契約を破棄したことに起因する当然の結果（Winthrop, 364）であった。さらには、パトリックが助けを求めて逃げ込んだオランダ領に属するオランダ人の手によって処せられる羽目になったことが淡々と、しかし、喜々として述べられたうえで、パトリックが

主の日の午後の祈祷の時間に殺されたことは、注目に値することだ（というのも、彼はめったに教会の集まりには出てこなかったので）（Winthrop, 364）

という記述で締めくくられている。

以上の記述からわかるように、ウィンスロップには、惨めに銃殺された男の死を悼む姿勢は皆無である。むしろこの日のエントリーは、不埒を働いたものに対する見せしめのようですらある。オランダ人パトリックを、一度はニューイングランドの若者の教育係として受け入れたニューイングランドピューリタンの寛容さは、彼の裏切りを機に全く弁解の余地のない不寛容にまで揺り戻される。不幸にも同国人によって銃殺されてしまったパトリックは、それを当然の報いとして『日記』に記録するウィンスロップのレトリックによって、テクスト上でもう一度処刑されているといってもよい。

ここで、この節の冒頭に発しておいた問いに戻りたい。はたしてウィンスロップが書いていることは、「事実」なのだろうか。もちろん、太陰暦の一六四三年十一月二日にダニエル・パトリックが死去した

こと自体は、事実に他ならない。しかし、その他の事象――パトリックの数々の悪行――は、もはや検証のしようがない出来事である。この意味では、この日記記述全体を事実であるとも事実ではないとも、言い切ることは難しい。一方で、この日記記述は、事実であろうとしている、ということは言えるだろう。ウィンスロップの『日記』はこれらのことをあくまで事実として記録している、あるいは、したつもりでいる。つまり、ウィンスロップの日記記述のテクストは、必ずしも事実であるとは断定できないものの、事実を指向しているテクスト、言い換えれば、事実性を備えたテクストである、ということができよう。

いうまでもなく、事実はつねにテクストの外側にある以上、事実をテクスト上でつくることはできない。しかし、事実性、さらに言い換えれば、事実らしさは、テクスト上で構築することができる。いやむしろ、それはテクスト上でしか構築できない。ウィンスロップのパトリックをめぐる記述は、パトリックの銃殺というテクスト外的な事実に、さまざまな関連する情報を併置して、事実性を付与していくという手続きのもとに構築されている。このような視座からみるならば、そこで発せられるべきは、「それが事実か否か」という本質論的な問いではなく、「そこでは何が事実として提示されているか」というメタ認知的な問いであるということになろう。そして、仮に日記記述のテクストがフィクションのテクストと同様に、様々な要素から構成されうる表象なのであるならば、両者に原理的な違いはないということになる。両者を隔てるのはテクストにおける指向性の違いに過ぎず、ともになんらかの現実をテクスト上に再構成したうえで提示する表象という点において、両者に差異はない。

5　最後のピース

ここでウィンスロップの『日記』がさらに問題含みなのは、その記述が必ずしも彼が直接見たことを土台にしているわけではない、ということだ。彼はしばしば人から伝え聞いたことを、あたかも自分がそれを見たかのように、記述する。いや、より正確には、他人からの伝聞を、そのまま注釈なしに日記中に配置することで、あたかも彼自身がそれを見たかのような効果が生じてしまう。パトリックのあれこれの悪行を、ウィンスロップはいちいち観察していたのであろうか。答えは、否であろう。彼の周囲の家族や友人ならまだしも、自身と何の接点もないオランダ人の所業を彼がつぶさに追いかける理由は、どこにもない。

つまり、一六四三年十一月二日のエントリーの大半は、ウィンスロップが誰かから聞いたことである可能性が極めて高い。少なくともこの日の日記記述は、書き手の直接的な観察に基づかない――実に奇妙な――「記録」なのではないか。

この推論を裏付ける書簡が二通、残されている。それらは、ともにニューイングランドの聖職者であるジョン・メイソン（一五八六―一六三五年）およびエドワード・ウィンズロー（一五九五―一六五五年）からウィンスロップに宛てて書かれた私信である（前者には一六四三年十月に日付があり、後者には日付がはいっていないが、同時期のものと考えて差し支えないだろう）。

問題は、その二通の書簡で説明されている、パトリック銃殺に至る直接的な経緯である。この点については、メイソンの書簡により詳しい記述がある。

パトリック船長はオランダ人を率いて近くに住むインディアンに対峙したのだが〔中略〕裏でインディアンと手を結んでオランダ人を欺いた。だいたいこういうことはワンパム（交易品）を受け取ることでなされるものである。オランダ人たちはインディアンを探していくらさまよっても見つからなかったのだが、その間パトリックは数名のインディアンを家でもてなしていたのである。翌日になってオランダ人たちがパトリックの家に戻ると、そこにインディアンがいたので、大混乱となった。（*Winthrop Papers* I 245）

パトリックが銃殺されるのはこの混乱のなかでのことである。メイソンの記述は続く。

ことの詳細はわからないが、一人のオランダ人がパトリック船長の頭をピストルで撃ち、そのために彼は死んだ。（*Winthrop Papers* I 245）

あるいは、パトリックが銃殺される瞬間に関しては、ウィンズローの記述がより具体的かもしれない。

オランダ人はパトリックを「裏切者」とののしった。パトリックは嘘で応戦し、そのオランダ人の顔に唾を吐きかけた。するとオランダ人はピストルを構えてパトリックの頭を打ちぬいたものだから、パトリックはその場で崩れ落ちて命を落とし、二度と口を開くことはなかった。(*Winthrop Papers* I 245)

このふたつの書簡からはっきりするのは、パトリックの銃殺には、直接的な理由があった、ということである。メイソンとウィンズローは、いずれもはじめにそのことを明記した後に、パトリックの銃殺を伝えている。これは、時間軸に沿ったレトリックである。

これに対して、ウィンスロップの日記記述の書き方はどうだったであろうか。前節でみたように、彼は藪から棒にパトリックが殺された、というところから書き始め、そのあとに彼の数々の不道徳——どこから聞いてきたのかは、不明——を書き連ねたのであった。これは、時間軸に沿ったレトリックではない。意識的にせよ無意識的にせよ、ウィンスロップがレトリックを時間軸から逸脱させることで、パトリックの悪行と銃殺との間に、本来はなかったはずの因果関係が成立してしまっているのである。

しかしいま、二通の手紙と日記記述とを併置して明らかになるのは、ウィンスロップがあげつらうパトリックの悪行は、銃殺の直接的な原因ではない、ということである。どうやら彼は賄賂で「インディアン」の側に寝返り、それがひとりのオランダ人の義憤を駆り立て、最終的には銃殺されるという事態にいたったようだ。このことがウィンスロップ宛の二通の書簡で述べられている以上、ウィンスロップも当然知らぬわけがないであろう。しかし、この事件に関して彼は、二通の手紙と同じような書き方、時間軸に沿った書き方を、採用しない。ウィンスロップの日記記述においては、パトリック銃殺の直接的な原因は、配置をかえ、内容がかなり簡略化されたうえで、提示されているにすぎない。その記述は、前節で引用しておいた、「主の日の午後の祈祷の時間に殺されたことは、注目に値することだ」の直後に現れる。

> パトリックを殺したオランダ人は、彼を裏切者であると非難した。というのも、一二〇名もの軍を組織し、彼らをインディアンのところに連れてゆくという約束等までしたのに、パトリックは彼らを裏切ったのだから。(Winthrop, 364)

その配置の妙によりパトリック銃殺の直接的な原因としての効力を骨抜きにされてはいるものの、この記述は二通の書簡の手際のよいまとめとして、偽りはない。情報の配列の転換や付加も、情報を手短に編集することも、たしかにひとつの表象を成立させるための要件ではある。これらの作業はいわば消極的な操作である。

しかし、次に見る記述は、果たしてこの消極的な操作の範疇に収まるものだろうか。右の引用の後、パトリックが銃殺される瞬間を、ウィンスロップは次のように記述している。

するとと船長は汚い言葉を浴びせ、［オランダ人の］顔に唾を吐きかけて、そこから出ていこうとしたが、そのオランダ人は背後からパトリックの頭を打ち抜き、パトリックはその場に崩れ落ちて命を落とし、二度と口を開くことはなかった。（Winthrop, 364）（傍線筆者）

たしかに、この記述の大部分はウィンズローの書簡の文面を踏襲したものになってはいるが、問題はそこにウィンズローの書簡にもメイソンの書簡にも書かれていないことが書き込まれている点である。ウィンスロップによれば、パトリックは自宅を「出ていこうとした」ときに、「背後から」頭を打ちぬかれた、というのだ（引用文中傍線部）。繰り返すが、このことは、二通の書簡には一切書かれていない。ならば、ここでウィンスロップは、パトリック殺害の様子を記述するにあたって、元の情報に恣意的に加筆しているのではないだろうか。創造的な編集とも言うべきこの所作を、消極的操作の範囲内に収めることは、難しい。

パトリックが「背後から」撃たれたことが事実か否かは、ここでは問題ではない。そうではなくて、ウィンスロップが、これを事実として提示しようとし、その結果としていかなる効果が生じているか、が問題なのである。そのために、ここであらためて、順を追ってウィンスロップの日記記述を確認してみよう。

何度も確認した通り、ウィンスロップは最初にパトリックがオランダ人によって銃殺されたことを記す。次に、それなりの分量をもって、彼の不埒な行いが列挙される。その後に彼が殺された日時（日曜のお祈りの時間）についての言及が続き、銃殺の直接的な要因、つまり、パトリックの裏切りについて、簡潔に述べられる。そしてこのエントリーの最後に来るのが、打たれる瞬間の描写である。パトリックがその場を出ていこうとしたときに背後から撃たれた、という創造的編集が施されるのは、この最後の部分である。

こうして整理してみると、ウィンスロップの記述が、パトリックの死は単なる死ではなく、彼の数々の悪行の報いであるということを努めて前景化するレトリックを駆使していることが明らかになるであろう。その報いは単なる死だけでは不十分であり、また、単に前から銃で撃たれるだけでも足りない。パトリックは、背後から、本人に悟られぬままに、拳銃で頭を打ちぬかれ、むごたらしく死ななければならない。神の法や教会の掟に逆らうものは、これほどまでに懲らしめられなければならない。パトリックはその場で崩れ落ちて命を落とし、二度と口を開くことはなかった。配置を換えることによって銃殺の直接的な要因を骨抜きにし、かつ、悪行と銃殺の因果関係を構築しながら、パトリックが受けるべき報いの激しさを前景化するレトリックを完成させるのは、彼が「背後から」撃たれた、というこの日のエントリー最後のピースに他ならない。

6　不徹底なイギリス化——結びに代えて

ここで、パトリックを銃殺するのがオランダ人であることを思い出そう。この逸話においては、やるのも、やられるのも、オランダ人なのである。そしてウィンスロップは、オランダ人同士の諍いを、いわば神の視点から、自分の意のままに「記録」する。この逸話に対するウィンスロップの当事者性は、控えめに言ってさほど高くはない。それにもかかわらず、『日記』にはこの奇妙なエントリーが残されてしまった。その意図や理由は不明であるが、その効果は、この日のエントリーを締めくくるひとことから、測定できるだろう。ウィンスロップは、パトリックを銃殺したオランダ人について、「その殺人者は領地から逃れていった」とだけ、記している。銃を持った殺人者が近隣に潜んでいる可能性がある——これこそ、事件たりうる事態であるにもかかわらず、ウィンスロップはそのことには興味を示さない。彼にしてみれば、殺したのも殺されたのもオランダ人であった、ということが提示できればそれでよいのである。この逸話の当事者である二人のオランダ人は、このエントリーが締めくくられると、二度と『日記』のテクストに戻ってこない。残るのは、「私たちとは違う人たち」としてのオランダ人の残響である。パトリックがむごたらしく殺され、殺した男がなぜか静かに消えてゆくことをもって、他者としてのオランダ人表象が成功裏に完成するのである。

この章の冒頭で指摘しておいたように、ピューリタンにとっての「オランダ人」とは、たしかに他者ではあったが、はじめから明確にそうであるわけではない。それは、これまで見てきたようないささか入り組んだプロセスを経て、他者として構築される、つまり、他者化される類のものなのである。

一六六〇年、ウィンスロップの長子ウィンスロップ・ジュニア（一六〇六―一六七六年）は、あらゆる策略を駆使して、オランダ領ニューアムステルダムをイギリス領に組み込む。これは前章でみたイギリス化の大きなうねりのもとでの事件であるが、その領有の在り方は、オランダの自治を最優先し、いわば名目だけをイギリス化するような、政治的妥協の産物であった。思い切って単純化してしまえば、ニューイングランドは、どっちつかずの他者を他者のまま、領有するという選択をするのである。その結果、ニューヨークと名前を変えた場所の他者性は、英国による領有後にこそ、明確に形を整えてゆくことになる（佐藤 2016）。一六六四年、英国のニューアムステルダム編入から四年後に、オランダ人のとある商人が残した証言を紐解いてみよう。

ニューヨークのオランダ人は、英語を学ばなければならない。神様はそのことにお喜びのようである。しかし最悪なのは、われわれはもう四年もの間、英国の支配下で英語を学んではいるものの、ほとんど身についていないということだ。そもそも誰も英語など好きではないのだから。（原語はオランダ語、引用はその英訳である Dewulf 二八）

この証言は、市民レベルにおけるイギリス化が、これほどまでに不徹底であった、ということを教えてくれる。しかしながらこのイギリス化の不徹底さ、言い換えれば、ニューヨーク領有後に出来したオランダ人の他者性こそが、皮肉にも後のアメリカ合衆国の多様性を象徴する都市を誕生させるのである。この意味において、新大陸で出会ったオランダ人を他者化し、そして他者のまま領有したピューリタン、本来は他者に不寛容で、イギリス化に邁進したはずのピューリタンこそ、皮肉にもアメリカ合衆国の多様性の有力な起源たりうるのである。

主要参考文献

Bradford, William, et. al. *The Mayflower papers : selected writings of colonial New England.* New York, Penguin: 1987. 4.

Dewulf, Joan. The Pinkster King and the King of Kongo: The Forgotten History of America's Dutch-Owned Slaves. U of Mississippi P, 2016.

Wintrhop, John. *The journal of John Winthrop, 1630-1649.* Richard S. Dunn and Laetitia Yeandl eds. Belknap Press of Harvard UP, 1996

Winthrop Papers. Boston: Massachusettes Historical Society, 1929-.

佐藤憲一「ウィンスロップ父子とニューヨーク」『異文化理解とパフォーマンス』春風社、二〇一六、二六六―二八一

作者紹介と作品概略

ジョン・ウィンスロップ・ジュニア（一六〇七―一七七六年）

ジョン・ウィンスロップの長子。ピューリタンとして新大陸にわたり、コネチカットの創設に尽力するも、必ずしも熱心なピューリタンであったわけではなく、むしろ同時代的には知識人として高名であった。近代科学の枠組みを整備したロンドン王立協会の創設時メンバーであり、ニューアムステルダムの領有にも貢献したことは、あまり知られていない。父親の『日記』には彼自身がこの長男の扱いに苦慮している様が書かれてもいるが、それは植民地期アメリカ文学研究にとっても同様であり、これまで彼が残したテクストについて、文学研究からの分析が十分になされているとはいいがたい。その意味において、ウィンスロップ・ジュニアは植民地期アメリカ文学研究最大の盲点であり、当分野における「フロンティア」であるといえよう。

ジョン・ウィンスロップ『日記』（*Journal of John Winthrop*）

『ニューイングランドの歴史』（*History of New England*）と呼ばれることもある。植民地期アメリカ文学史を代表するテクストのひとつ。記述は植民地経営に関わる公的なことから、きわめて個人的な雑感や信仰心上の告白に至るまで、広範囲に及んでいる。出版を前提として書かれておらず、断片や略記が多くみられる。そのため、これまで、ある種の一貫性をもつように編集された縮約版が出版されてきた。その時代的範疇は一六三〇年から死の直前の一六四九年までに及び、黎明期の植民地に関する貴重な記録であり、歴史的観点のみならず、文学的観点からも、体系的な分析が俟たれる。

第III部　近代ドイツ文学における危難と救い

今村　武

第Ⅲ部は近代ドイツ文学作品を取り上げる。「近代」を厳密に定義することは容易ではないけれども、ここでは中世以降に宗教革命を経て市民革命、産業革命までの時代を意味するものとして理解しておきたい。イギリスやフランスに比べると国家的統一の遅かったドイツの文学を語る時には、十八世紀初頭から十九世紀前半の文学を近代ドイツ文学と呼んでいる。

本章で取り上げる『グリム童話』は、十九世紀初頭に出版されている。次の章で話題となるゲーテの『ファウスト』は、十八世紀の七十年代から書き始められている。時代的に章立ての順序がずれている印象もあるが、『グリム童話』に収録されているメルヘンの多くは、それ以前の「昔々」の時代に求めることが出来るのであれば、このような章立ても理解されるかと思われる。また多くの人々に親しみのある『グリム童話』を手始めにドイツ文学へのアプローチを開始することによって、この比較文学的考察の全体像をより容易に把握出来そうでもある。ゲーテはグリム兄弟とほぼ同時代を生きている。第Ⅳ部の最終章は、森 鷗外の『舞姫』とゲーテ『ファウスト』の比較研究に振り分けられる。このテーマは、すでに久しい以前から一つの研究テーマを成している。以上の理由から、東西の作品を取り扱うこの第Ⅲ部の構成をご理解いただければ幸いである。

第6章

『グリム童話』「ヘンゼルとグレーテル」

――危難を乗り越えた兄妹の寛容

序

本章は、比較的容易に接することが出来るドイツ近代文学の作品を題材にして、作品内の人間関係に焦点を当てて物語を読み解くことを目的とする。現代日本の日常生活においても、「ヘンゼルとグレーテル」の物語をはじめとして、『グリム童話』に収録されている作品に出会う機会は多い。休日や週末、家族とあるいは友人と連れ立って、郊外の大規模なテーマパークで遊んだ経験のある人は多いのではないだろうか。そこで出会うキャラクターの多くは『グリム童話』をもとに作られている。[1]幼い頃に『グリム童話』を読んだ経験がない、あるいはその内容を全く知らない人は稀であろう。幾度も出版され、オペラとなったりアニメ化されたりした「白雪姫」「ヘンゼルとグレーテル」「シンデレラ」「ラプンツェル」「ブレーメンの音楽隊」等、どれもが『グリム童話』に収録されているメルヘンである。

『グリム童話』が成立した時代の背景にも視線を向けつつ、グリム兄弟の時代から現代にまで連綿と続く流れの中で語り継がれた『グリム童話』の持つ魅力にアプローチしたい。[2]

1 『グリム童話』の成立と翻訳

ヤーコプ・グリム（一七八五―一八六三年）とヴィルヘルム・グリム（一七八六―一八五九年）の兄弟が編纂した『子供と家庭のメルヘン集（Kinder- und Hausmärchen）』は通例『グリム童話（集）』と呼ばれ、そこに「ヘンゼルとグレーテル（Hänsel und Gretel）」も収録されている。この『メルヘン集』は一八一二（文化九）年に初版が出版されて以来版を重ね、[3] 一八五七（安政四）年に刊行された第七版がグリム兄弟の編纂した最終の版となり、[4] 決定版として世界に流布している。収録されているメルヘンの数も初版の一五六話から第七版では二〇〇話まで増加しているのに加え、各話の表現や内容に関してもかなりの改訂が加えられている。初版のテクストでは、収録されている物語は簡潔な平叙文で表現されることが多いのに対して、初版から第七版に至る改定を重ねる中で、物語の進行が登場人物の会話形式で表現される個所が増えている。さらに登場人物の動きや場面の描写もより詳しく、具体的な表現に変化した。

ここで取り上げるメルヘン「ヘンゼルとグレーテル」はグリム兄弟の初稿（一八一〇年成立）にすでに含まれている。[5] この初稿では、この作品のタイトルは「兄と妹（Das Brüderchen und das Schwesterchen）」となっている。読者を魅了する兄と妹、ヘンゼルとグレーテルの物語は、『子供と家庭のメルヘン集』初版（一八一二年）から、最終の第七版（一八五七年）までの全てに収録されている。初稿では「兄」と「妹」と呼ばれていたのに対して、出版時には兄のヘンゼル（Hänsel）、妹のグレーテル（Gretel）という名前がタイトルに掲げられた。さらに、「兄と妹」という題名の別の物語も『グリム童話』最終版では第十一話として収録されている。[6]

『グリム童話』の翻訳はすでに多くの国で数多く出版され、百六十以上の言語に翻訳されているという。日本では、一八八七（明治二十）年四月刊の桐南居士（菅了法）訳『西洋古事神仙叢話』（集成社）に英語経由で初めて紹介されている。大正期には原文に忠実な翻訳がいくつか出版され、[7]大正十三年に金田鬼一による全訳が上梓された。[8]「決定版」とされているグリム兄弟による第七版『童話集』の翻訳をもとに、考察を進めることにする。

2　ヘンゼルとグレーテルの人間関係

このメルヘンを通読して受ける最初の印象は、大概以下のようなものではないかと推察される。「二度も子供を森のなかに置き去りにしようとした母親は酷すぎる」あるいは、「自分が生き残ることだけを優先するこの母親は、人間としてどうなのか」という、母親に対する憤りの気持ちである。

ヘンゼルとグレーテルは、家に食べるものがなくなったという理由から、母親が父親に無理強いした結果、二度も森の奥深くに置き去りにされる。一度目は、両親の会話を聞いていたヘンゼルが夜のうちに小石を集め、森へ行く途中で道に投げておいた光る小石を目印に家に戻ることが出来た。しかし二度目は、母親に扉に鍵をかけられて石を集めておくことができず、石の代わりに最後にもらったパンを細く砕いて撒いておいたけれども、鳥たちに食べられてしまい、森の奥深くに迷い込み、魔女の罠にかかってしまう。二人の幼い子を森の中に置き去りにすることを提案し、実行させる母親に憤りを感じ、家族はずっと一緒にいるべきだ、という思いを強くする読者は多いかもしれない。登場人物の関係を改めて整理してみよう。

兄のヘンゼルと妹のグレーテルは仲が良い。他の兄弟姉妹は見当たらない。他の子供たちが近隣に住んでいる様子は窺われない。後年のフンパーディンク（一八五四―一九二一年）作曲のオペラ作品や、幾度も映画化された「ヘンゼルとグレーテル」では様々な脚色がなされ、近隣の人々との交流が描かれたりもしている。『グリム童話』におけるきこりの一家は、恐らくは人里からは少し離れたところに住んでいる。しかし、近隣の村とも繋がりはある。

兄と妹の他に、物語の中心的な登場人物は、父と母である。一八一二年の『グリム童話』初版では実母となっているが、一八四〇年出版の第四版で「継母」に変更され、二羽の白鳥と大きな川が登場する場面が新たに書き加えられている。

付言すれば「人物」ではないけれども、二羽の鳥も重要な役割を担って登場する。はじめの一羽は、森に置き去りにされてさまよい歩くヘンゼルとグレーテルを、その三日目に、美しくさえずることで魅了して、二人をお菓子の家まで案内する。[9] もう一羽は、魔女の家から逃げ出した二人が、大きな川に阻まれているとき、向こう岸に渡してくれる大きな白いカモである。

3　兄と妹の成長

今一度最初の問いに立ち返りたい。「ヘンゼルとグレーテル」の物語は一体いかなる理由から、世界中の多くの人々の思い出に残る魅力的な物語となったのだろうか。なるほど「木こりの家族」「暗く不気味な深い森」「魔女」とその「お菓子の家」など、子供たちの関心を惹きつけるメルヘンには欠かせない道具立てが数多く用意されている。その上、深い森の中に、あろうことか両親によって置き去りにされてしまう二人の話、この子捨てのモティーフは、子供たちに大きな不安を掻き立てる。[10]「他人事とは思えない」幼い兄と妹の運命に引き込まれてしまう構成になっている。

夢のようなパンとお菓子の家もとりわけ強烈に子供たちの心を捉えるに違いない。物語の中でも、ヘンゼルとグレーテルはお菓子の家に引き寄せられる。ところがこの素敵な、美味しそうなお菓子の家は、子供たちをおびき寄せるための魔女の罠で、ヘンゼルとグレーテルはまんまと魔女の罠にはまって捕まってしまう。魔女に捕まり窮地に陥ったのち、機転を利かせて魔女を倒し、真珠や宝石をいっぱい持って家に帰り、幸せに暮らすことになる。恐ろしい敵を倒し、宝を持って帰還する「英雄譚」のストーリーは、子供たちに安心と満足を与えるに十分な緊張と展開を持っていよう。[11]

深い森の中でさまよい歩くヘンゼルとグレーテルは初稿、初版、決定版第七版の全てにおいて、三日目に小さな家の前にたどり着く。どの稿でも共通してその小さな家はパンで建てられていて、屋根はケーキで覆われ、窓は砂糖でできていると具体的に叙述されている。

家の中から一人の女性が出てくる。ここで登場する女性は「悪い魔女」であると初版以降は明確に述べられ、第七版に至ると「子供たちを捕まえて殺し、料理して食べる」と追加されている。加えて「魔女は赤い目をしており遠くを見ることはできないが、動物のように鋭い臭覚を持っている」との説明が加えられ、初稿で描かれていた老婆の姿は、決定版においてあからさまに悪のイメージが付与された「魔女」として表現されている。

心理学的なメルヘン解釈によれば、子供は成長していく過程で精神的に親殺しをしなければならない、それによって親離れができ成長していくことが出来ると論じられる。[12]フロイト（一八五六―一九三九年）が唱えるエディプス・コンプレックスは、男の子の母親に対する近親相姦、それに父親殺しをクローズアップする。ユング（一八七五―一九六一年）派心理学は、女の子の同様の傾向をエレクトラ・コンプレックスと呼んでいる。このような視点から、森に住む魔女を、自らの意思で子供を捨てた母親（継母）であると解釈し、「ヘンゼルとグレーテル」は魔女を殺して、すなわち母親を殺して（乗り越えて）、子供が成長していく様が描かれている、と解釈されることもある。[13]しかし、母親が魔女であると断定する根拠は乏しく、魔女をかまどで焼き殺すという経緯を根拠として、兄と妹の「成長」を指摘するのは早計であろう。魔女を信じる子供がほぼ皆無である現代においては、作中登場人物の一人として魔女は認識されるケースが多いと思われる。現代の『グリム童話』の読者は、ヘンゼルとグレーテルの物語に対して、別のアプローチをしているに違いない。

本章が着目するのは、幼いヘンゼルとグレーテルがめでたく家に戻り、二人の帰りを待っていた（はずの）父親と幸せに暮らすというエンディングである。作品の持つ「お菓子の家」「魔女」といったメルヘン的な魅力以上に、読者の心に強く印象に残るのは、ヘンゼルとグレーテルの兄妹愛と二人の協力、最後まで希望を捨てない強い心、これが二人の窮地を救うというストーリーではないだろうか。

4　語り継がれた「危難の時」

正確なタイトルは『子供と家庭の童話集』と訳される『グリム童話』を編纂したグリム兄弟について振り返ってみたい。兄のヤーコプ・グリムは一七八五年に生まれ、弟のヴィルヘルムは翌一七八六年に生まれている。この二人が共同で編纂したメルヘン集『子供と家庭の童話集』は一八一二年に初版第一巻（八六篇収録）が刊行され、一八一五年に第二巻（七十篇収録）が続いた。一八一九年に第二版（第一巻八六篇、第二巻七五篇）が早くも出版され、以降、一八三七年に第三版（第一巻八六篇、第二巻八二篇）、一八四〇年に第四版（第一巻八六篇、第二巻九二篇）、一八四三年に第五版（第一巻八六篇、第二巻九八篇）、一八五〇年に第五版（第一巻八六篇、第二巻一一四篇）、そして一八五七年に出版される第七版（第一巻八六篇、第二巻一一四篇）まで、グリム兄弟によって編纂された。
一八五七年は、当時の日本でいえば安政三年から四年にあたる江戸時代である。当時のドイツの状況について詳しいことは知らなくても、グリム兄弟が集めた「昔話」「童話」は、当時でもすでに「古くから」語り継がれていたものだったはずである。魔女が登場するストーリー展開から、そのような「迷信」が語られていたドイツや広くヨーロッパの中世の世界が想い起こされる。貧しいきこりの子供たちが森に捨てられるという『ヘンゼルとグレーテル』に類似する昔話は、イタリアやフランス、北方ヨーロッパにおいても採録されているし、遠く地中海沿岸地域からアラビアやインドにまで類話は見出される。[14][15][16]
物語の原型が語り継がれ、形成されていったはずの時代、中世ヨーロッパにおいて、きこりの一家が遭遇した「危難の時」は「飢饉」であった。[17]中世のヨーロッパでは、子供の概念が現在とはかなり違うものであることにも注意したい。子供は七歳で「小さな大人」として大人の仲間入りをしていた。また孤児院や修道院が捨て子の面倒を見るという制度もあり、子供を捨てる風習もあった。[18]
メルヘンが暗示する元々の出来事、おそらく何度も反復して経験された悲しい出来事が「飢饉」であったと推測するのであれば、時を同じくした日本の状況、あるいは現代社会の事象と対比することは可能なはずである。トピックス的な短い比較となってしまうけれども、たとえばかつての日本でも深刻だった「飢饉」を背景とする「子捨て」の風習について思い起こすことは大切である。日本においても食糧難のため、子供が生まれるとすぐに捨てる習慣のある地方が存在した。現在でも続く、七日目の名付けの祝いや、赤ん坊が生まれるとすぐに飯を炊くといった様々な儀式は、共同体内部でその子供が承認され、簡単に捨てられることを防ぐための努力でもあったという。子供が大人として認められる年齢は、地方によっては七歳や八歳であった。[19]これは中世のヨーロッパとも共通する。

グリムの活躍した江戸時代だけでも「寛永の大飢饉（一六四二―一六四三年）」「享保の大飢饉（一七三二年）」「天明の大飢饉（一七八二―一七八三年）」「天保の大飢饉（一八三三―一八三九年）」の江戸四大飢饉があったことは知られている。日本の過去の状況と対比してみれば、「子捨て」の風習を語る昔話の多いことにも気づかされる。[20]たとえば「桃太郎」や「姥捨山」といった昔話を思い出すことができるであろうか。柳田國男の『遠野物語』の一一一話には、かつて東北地方では食糧難が起きると年配者が真っ先に犠牲となっていたことが記されている。[21]棄老の風習はさらに遡り、『古今和歌集』第十七巻雑歌上には、「わが心慰めかねつ更級や姥捨山に照る月を見て」という歌が収録されている。[22]

結語

母親には自己中心的な否定的側面が描かれている、とメルヘンの伝えるところを受け取るのは容易である。しかし『グリム童話』採録時には、「母親」とされていたのに、のちに「継母」と書き換えられてしまったことにより、かの女性の悲しみも同時に抜け落ちてしまったと考えることは出来ないだろうか。「灰かぶり（シンデレラ）」においても、初版では実母であった女性は第七版では継母に書き換えられているけれども、中世と呼ばれる時代から近代に至るまで、出産は危険を伴うものであり、母親が命を落とすことは多かった。[23] 歴史的状況を考えてみれば、近代以前の社会では、産褥の母親の死亡率が高かったゆえに、継母がいるというのは、それほど特別な光景ではなく、むしろ実際に多く見られた状況が書き込まれていると判断出来る。[24] 歴史的な事実とグリム兄弟の配慮との、双方のバランスの上にこの「メルヘン」は成立している。

この作品から得ることの出来るメッセージは数限りないと思われる。その大切な一つは無論のこと、危難の時を「語り継ぐ」ことの大切さである。そしてもう一つ。ヘンゼルとグレーテルは最大の危難を乗り越えて、家に戻ってくることが出来た。その時二人は、自分たちを森の奥深くに置き去りにした父親を責めたりはせず、再会を心から歓ぶ。そこには、危難の時を乗り越えた勇気ある人が持つ、寛容さがある。

主要参考文献

吉原高志・吉原素子（訳）『初版グリム童話集１（全４巻）』白水社、一九九七年
野村泫（訳）『決定版　完訳グリム童話集１（全７巻）』筑摩書房、一九九九年
小澤俊夫（著）『グリム童話集二〇〇歳　日本昔話との比較』小澤昔ばなし研究所、初版二〇一二年
高橋健二（著）『グリム兄弟』新潮社、昭和四十三年

ガブリエーレ・ザイツ（著）『グリム兄弟　生涯・作品・時代』高木昌史・高木万里子（訳）青土社、一九九九年

作者紹介と作品概略

グリム兄弟（ヤーコプ・グリム／ヴィルヘルム・グリム）

正確なタイトル『子供と家庭の童話集（Kinder- und Hausmärchen）』を編纂したグリム兄弟の二人、ヤーコプ・グリム（一七八五―一八六三年）とヴィルヘルム・グリム（一七八六―一八五九年）は、十九世紀ドイツの言語学者である。言語、文学、神話、法律等の分野において、ドイツ古代学の基礎を確立したグリム兄弟は、生涯のほとんどを共に生活し、その優れた研究や調査も、共同で行ったものが多い。ハーナウの法律家の子として生まれ、ともにマールブルク大学で学び、アルニム（Achim von Arnim, 1781-1831）、ブレンターノ（Clemans Wenzeslaus Brentano de La Roche, 1778-1842）らハイデルベルク・ロマン派の人たちと交わった。大学卒業後、兄弟は前後して、カッセルの図書館司書となった。その後、一八二九年に兄がゲッティンゲン大学のドイツ古代学の教授になると、その翌年弟も同じ大学に赴き、司書を経て教授となった。一八三七年に兄弟は、国王の違憲を難じた「ゲッティンゲンの七教授」に名を連ねていたため免職となった。その後一八四一年、プロイセン王フリードリヒ・ヴィルヘルム四世に招かれ、共にアカデミー会員兼ベルリン大学教授として終生ベルリンに住んだ。弟は結婚したが、兄は生涯独身を通した。二人が共同で編纂したメルヘン集『子供と家庭の童話集』は一八一二年に初版第一巻が刊行され、一八一五年に

第二巻が続いた。以降、一八一九年に出版された第二版から一八五七年に出版される第七版まで、グリム兄弟によって編纂された。一八六二（文久二）年には、江戸幕府の遣欧使節、竹内保徳上野守一行のうちの三人が、ベルリンに兄ヤーコプを訪問している。兄弟は晩年、空前の大著『ドイツ語辞典』を計画してこれに余生を捧げ、第三巻「F」の途中まで完成させている。この仕事は歴代の学者に引き継がれ、全巻が上梓されたのは一九六一年である。

「ヘンゼルとグレーテル（Hänsel und Gretel）」

昔々、あるところに貧しい木こりの家があった。そこにはヘンゼルとグレーテルの兄妹がいて、両親は食べるものがないことに困り果て、とうとう二人を森に棄てることを決心する。最初はヘンゼルが機転を利かせ、光る小石を目印に森にまき、翌朝二人は無事に家に戻ることができた。しかし再び食べるものがなくなって、二度目に森の深いところに置き去りにされた時、ヘンゼルは小石を集めることができず、もらったパンを森に少しずつまく。しかしそれは森の鳥たちがついばんでしまい無くなってしまう。二人は道に迷い森をさまよい歩くうちに、お菓子でできた家を見つける。しかしそれは魔法使いの老婆の家で、二人は老婆につかまってしまう。ヘンゼルが魔法使いにかまどで焼かれて食べられそうになった時、グレーテルの機転であやうく難を逃れ、反対に魔法使いを焼き殺し、家にあった魔女の財宝をもって家路につく。

注

〔1〕ジャック・ザイプス（著）『おとぎ話が神話になるとき』吉田純子・阿部美春（訳）紀伊國屋書店、一九九九年、一〇七－一三八頁参照。

〔2〕本章の執筆に際しては特に以下の論考から多くの教示を得た。頼怡真「『ひかりの素足』論──樽夫の「子捨て」におけるグリム童話「ヘンゼルとグレーテル」との関連性」〔九州大学日本語文学会「九大日文」第二一巻（二〇一三年）、二〇－四六頁所収〕

〔3〕Brüder Grimm: Kinder- und Hausmärchen. Erstdruckfassung 1812-1815. Herausgegeben von Peter Dettmering. Stuttgart 1980.

〔4〕Brücer Grimm: Kinder- und Hausmärchen. Band 1. Herausgegeben von Heinz Rölleke. Stuttgart 1980.（Siebente Auflage. 1857.）

〔5〕Brüder Grimm: Kinder- und Hausmärchen. Die handschriftliche Urfassung von 1810. Herausgegeben von Heinz Rölleke. Stuttgart 2007.

〔6〕『グリム童話』最終版で第十一話として収められている「兄と妹（Brüderchen und Schwesterchen）」では、継母は魔女と同一人物となっている。『決定版　完訳　グリム童話集』第一巻、野村泫（訳）筑摩書房、初版第一刷一九九九年、一〇九－一二三頁所収。

〔7〕中島狐島『グリムお伽話』（大正五年）、『続グリムお伽話』（大正十三年）、田中楳（木へんに集）吉（訳註）『獨和對譯　獨逸國民文庫　第一編　グリンムの童話』南山堂書店、大正三年、小笠原昌斎（訳註）『グリムお伽噺講義　上巻』精華書院、大正三年、年岡長汀（訳註）『獨和對譯　グリム十五童話』南江堂書店、大正三年。

〔8〕金田鬼一（訳）『世界童話大系　独逸編「グリム童話集」』第二巻（大正十三年）、第三巻（昭和二年）
〔9〕大島浩英「『グリム童話集』初稿、初版、第7版における「ヘンゼルとグレーテル」の変化について」（「大手前大学論集」第一〇号（二〇〇九年）五三－六七頁所収）六一頁参照。
〔10〕木下康充「グリム童話の小さな英雄たち――『ヘンゼルとグレーテル』をめぐって」〔同志社大学言語文化学会「言語文化」十三・二（二〇一〇年）一七一－一八九頁所収〕一七一頁参照。
〔11〕木下康充「グリム童話の小さな英雄たち――『ヘンゼルとグレーテル』をめぐって」〔同志社大学言語文化学会「言語文化」十三・二（二〇一〇年）一七一－一八九頁所収〕一七八頁参照。
〔12〕鈴木 晶（著）『グリム童話　メルヘンの深層』講談社、一九九一年、八二－一〇八、太田隆士「『グリム童話』と日本の昔話比較――『ヘンゼルとグレーテル』・『手なし娘』」〔駿河台大学「駿河台大学論叢」第三一号、二〇〇六年、一七－三七頁所収〕参照。
〔13〕ブルーノ・ベッテルハイム（著）『昔話の魔力』波多野完治・乾侑美子（訳）評論社、一九七八年、二一八頁参照。
〔14〕十七世紀前半イタリアの作家ジャンバッティスタ・バジーレ（Giambattista Basile, 1575-1632）による『ペンタメローネ（Il Pentamerone）』（全五巻、一六三四―三六年）に五日目の第八話として収録されている『ニッニッロとネッネッラ（Nenillo e Nennella）』では、性悪の魔女である継母が、兄のニッニッロと妹のネッネッラを憎み、父親に強制して森に捨てさせる。しかし父親は辿ってきた道に灰を撒いておき、その跡を辿って帰るようにと教え、子供たちは夜中に帰宅する。継母が怒り狂うので、父親はやむなくまた子供たちを森に連れて行く。バジーレ（著）『ペンタメローネ（五日物語）』大修館書店、一九九五年、四三八－四四三頁。
〔15〕フランスの作家ペローの『童話集』の『親指小僧』では、貧しいきこり夫婦に七人の子供がいて、末っ子はと

ても小さく、生まれた時に親指くらいしかなかったために親指小僧と呼ばれるようになった。飢饉が来て両親はやむなく子供たちを捨てることにして、森の中に置き去りにする。『完訳ペロー童話集』岩波文庫、二三九－二四二頁。

（16）関 楠生（著）『グリム童話の仕掛け』鳥影社、一九九七年、一五七頁、『グリム童話を読む事典』三交社、平成十四年、二八五―二八六頁所収の、高木昌史「子供の遺棄」。

（17）梅内幸信「『まされる寶子に如かめやも』――『ヘンゼルとグレーテル』（ＫＨＭ一五）の深層心理学的解釈――」（「鹿児島大学法文学部紀要人文学科論集」第五十六巻（二〇〇二年）二一－五二頁所収）参照。

（18）森 義信（著）『メルヘンの深層』講談社現代新書、九四頁。

（19）『定本柳田國男集』第十五巻（新装版）筑摩書房、昭和四十四年、三九三頁以下。

（20）現代でも報道される「児童虐待」、そこから連なる「赤ちゃんポスト」「妊娠中絶」、近年はあまり聞かれなくなったけれども「中国残留孤児」とその家族の境遇などとの関連から、童話に描かれることで語り継がれていく物語の背景にある「痛み」をより深く感じ取ることが可能かもしれない。

（21）『定本柳田國男集』第四巻（新装版）筑摩書房、昭和四十三年、四六頁。

（22）『古今和歌集』小沢正夫（校注・訳）小学館、昭和四十六年、三三四頁。

（23）ロバート・ダーントン（著）『猫の大虐殺』海保真夫・鷲見洋一（訳）岩波書店、一九九〇年、三三頁、森 義信（著）『メルヘンの深層』講談社現代新書、九四頁を参照。

第7章

ゲーテ『ファウスト』第一部

――グレートヒェンとファウストの二重の悲劇のゆくえ

本章は世界文学の一つの到達点を示すゲーテ畢生の大作『ファウスト』を取りあげる。しかし第一部と第二部からなるこの悲劇全体についての包括的解釈には、筆者の浅学非才のゆえと、紙幅の制限もあることから、ここでは第二部も視野に入れつつ第一部に限定して論を進めることとする。悲劇の第一部を中心に、その「人間関係」と悲劇全体の結幕にも注目して分析的に読み進めていくため、本章末尾には『ファウスト』第一部および第二部の概略を掲載した。主人公であるファウストと、第一部のヒロインであるグレートヒェンの直面する「危難」と「救い」が作品の主筋を構成している。

1 『ファウスト』へのアプローチ

中世以来のヨーロッパで文学・文芸の素材として広まっていた「ファウスト伝説」は、十五、十六世紀のドイツに実在したといわれる錬金術師ヨハン・ゲオルク・ファウスト（一四八〇頃―一五四一年）に由来する。無名の作家によるファウストの伝記が一五八七年フランクフルトで書肆ヨハネス・シュピースから『ヨハン・ファウスト博士の物語（Historia von D. Johann Fausten, 1587）』として出版され、「ファウスト」の名が世に知られることになった。[1] ヴァイマル近郊に生まれ、ヴィッテンベルクで神学を修めたものの、信仰を捨て、悪魔メフィストフェレスと死後に魂を売る契約をし、その代わりに二十四年間の猶予をもらい現世の享楽を得るが、やがて契約期限の切れる時には悔恨の涙に暮れながら死ぬ。このファウスト民衆本の素材をイギリスの劇作家マーロウ（一五六四－一五九三年）が取り上げ、『フォースタス博士（The Tragicall History oft he Life and Death of Doctor Faustus）』（一五八八年上演、一六〇四年出版）で、悪魔に身を売った碩学の悲劇を描写している。[2] 素材としてのファウストは、以来幾度もドイツ国内外を問わず西欧文芸において取り上げられてきた。

ゲーテ（一七四九－一八三二年）は幼い頃から生まれ故郷フランクフルトでファウスト伝説に親しんでいた。ゲーテの父ヨハン・カスパール・ゲーテ（一七一〇－一七八二年）の蔵書はおよそ二千冊に及んでおり、ゲーテは父の書斎でファウスト民衆本を読みふけることが出来た。一七七三年から執筆が開始された『ファウスト』が書物の形で初めて世に出たのは、ゲーテ最初の著作集の第七巻に発表された一七九〇年の『ファウスト断片（Faust. Ein Fragment）』である。[3] しかしこれは一八〇八年に書肆コッタから出版された『ファウスト』第一部の約半分の分量を占めるに過ぎなかった。[4]『ファウスト』全篇が完結し、第二部が陽の目を見たのは、ゲーテの死後半年を経た一八三二年秋のことである。六十年に及ぶ成立史は、文学潮流においてはシュトゥルム・ウント・ドラング（疾風怒濤）から古典主義を経てロマン派の時代へと変遷している。青年時代に開始された文学が老年期のゲーテによって完成され、広大かつ重層的な作品になったことは容易に想像がつく。[5]

一八八四年ゲーテの『ライネケ狐』が『独逸奇書・狐の裁判』というタイトルで初めて英語版から重訳された。[6] 以来、明治時代前半の概ねイギリス経由によるゲーテ受容を経て、森鷗外によって、日本にゲーテの作品が初めてドイツ語から直接紹介された。一八八五（明治二十二）年八月二日発行の『国民之友』第五十八号の夏季付録「藻塩草」欄に「S・S・S」の名で掲載された十七編の訳詩「於母影」に、森鷗外訳『ミニョン』が掲載された。[7] 五十歳直前の森鷗外は、西欧近代文学の古典『ファウスト』第一部・第二部の全巻を本邦で最初にドイツ語から直接翻訳した。[8] 鷗外による『ファウスト』訳出は、明治四十四年七月から翌年一月にかけて行われ、「第一部」は大正二年一月、「第二部」は同年三月に刊行された。[9] 明治時代後半からのわが国におけるゲーテ受容は、ゲーテの紹介や抒情詩の翻訳に始まり、『ヴェルテル』の文学的影響、ファウスト的理想主義、ヴィルヘルム・マイスター的教養主義、ゲーテの芸術観、ゲーテの文献学的研究、文芸批評的解釈、自然科学者ゲーテの発見という内容的変遷を経た。[10]

2 学者ファウストと若きファウスト

『ファウスト』第一部冒頭には「献げる言葉」「舞台上の前曲」「天上の序曲」という三つの前置きが付されている。「天上の序曲」では、天上界で悪魔メフィストフェレスが神に向かい、神の愛するファウストを誘惑して神の手から奪って良いかと尋ねる。それに対し神は「人間は向上に努力する限りは迷うもの」（三一五）であり、「心ばえ良き人間は暗い衝動に動かされることがあっても、正しい道を忘れることはない」（三二八）と答え、ファウストが地上に生きる間は悪魔の自由に任せることを承認する。[11]

悲劇の幕が開けると老学者ファウストが登場する。哲学、法学、医学、神学とあらゆる学問に身を捧げたファウストは書斎に座り、すでに人生の終焉に差し掛かっているのを意識しつつ、学問の不毛に絶望している。生涯を学問に捧げた結果知り得たことは、「何も知ることができない」（三六四）ということに過ぎなかった。研究生活に絶望したかれは魔法で地霊を呼び出し、宇宙を支配する力の秘密を探ろうとする。しかし、地霊には一喝のもとに拒否されてファウストは打ちのめされる。自己の無限の知的欲求を満たすには、有限の肉体から解放される道しかないと感じたかれは、毒を飲んで死のうとする。その時、復活祭の鐘の音と天使たちの合唱が聞こえてくる。「キリストよみがえりたまいぬ」（七三六）の若々しい調べに感動し、ファウストは死を思いとどまる。

復活祭を翌日に控え、ファウストが助手のヴァーグナーを伴い郊外を散歩していると、むく犬に姿を変えた悪魔メフィストフェレス（略称メフィスト）がついて来て、書斎に入り込む。この散歩で穏やかな気分になったファウストは、これまでとは方向を変え、宗教の領域から宇宙の秘密に迫ろうと試みる。そして、ヨハネ福音書の冒頭の句「太初［はじめ］にロゴスありき」（一二二四）をドイツ語に訳そうとして、ロゴスという言葉を「言葉」「意味」「力」などと解釈してみた挙句、「行為」という訳語を得て得心する。聖書に没頭しているファウストに不安を感じたむく犬姿のメフィストが騒ぎ立てたため、ファウストは魔術を使ってむく犬の正体を見破る。メフィストは、とりあえずその場を逃れる。

数日後、騎士の姿を借りてファウストの書斎を訪ねたメフィストは、かれを「ひろい世界」（一六三二）に誘い、あらゆる歓楽を味わわせてやろうと申し出る。かれはそれを承知し、メフィストと賭けをして、この世ではメフィストがファウストの奴隷として仕える代わりに、ファウストがメフィストの誘惑によって満足を見出したら、すなわちファウストがある瞬間に対して「とどまれ、お前は美しい」（一六九九）と言ったら、その時、ファウストは死んでメフィストに魂をやっても良い、という契約を結ぶ。メフィストは、魔女の厨でファウストを二十代の美青年に若返らせる。

青年ファウストは、往来でマルガレーテ（愛称グレートヒェン）に出会う。一目でグレートヒェンに魅せられたファウストは、メフィストの助けで彼女に近づいたが、清純な彼女を誘惑することに良心の呵責を感じ、森の洞穴に引きこもってしまう。ファウストを慕うグレートヒェンは、「糸車の歌」を歌いながら、思い悩む。メフィストにそそのかされてファウストは再びグレートヒェンに逢う。逢引するためにグレートヒェンの母に飲ませた睡眠薬の分量を誤ってしまい、母は死んでしまう。グレートヒェンの堕落を憤った兄ヴァレンティンは、ファウストと決闘して殺される。ファウストの子供を産んだグレートヒェンは、わが子を殺し、牢獄につながれる。ファウストは、メフィストの力を借りてグレートヒェンを救出しようとするが、グレートヒェンはファウストの背後にいるメフィストを嫌い、牢獄にとどまり、神の裁きを受ける決心をする。「女は裁かれた」（四六一二）というメフィストの叫びに対し、「救われたのだ」（四六一二）という声が天上から響く。ファウストの立ち去る後から、グレートヒェンが「ハインリヒ！　ハインリヒ！」とかれを呼ぶ声が聞こえる。

3　グレートヒェンとファウスト

第一部は、学者悲劇とグレートヒェン悲劇の二つが組み合わさった形で構成されている。グレートヒェンの陥る危機的状況は、学者として絶望し、メフィストと結託して快楽を追求する若きファウストによって誘惑されることから始まる。『ファウスト』第一部において圧倒的な印象を与えるのは、ファウストに誘惑される純朴な少女の物語、いわゆる「グレートヒェン悲劇」である。第一部は、牢獄で死刑を待つグレートヒェンを置き去りにしてファウストが立ち去る場面で幕となる。

悲劇の舞台は、中世末ないし近世初期と思しきドイツの小都市における市民の生活する場である。それは「市門の前」の場で学者ファウストが、低い家並みと薄暗い部屋、重苦しくかぶさる屋根や破風、息苦しいほど狭い通り、そして「教会のおごそかな暗闇」（九二七）を持つ世界と描写している。グレートヒェンの狭い世界には、ある種の秩序と調和があった。几帳面な母親に躾けられ、毎日「テーブルの上に純白の布をきれいに広げ、／足もとには白砂を美しい波形に撒く」（二七〇五）。「煮炊きに掃除、編物に／そして縫物と、朝から晩まで忙しく立ち働き」（三一一二）。合間には糸車に向かう。

ここに現れる誘惑者・侵入者ファウストは、魔術の不思議に思いふける陰鬱な男ではなくて、ヴェルテルのような生気に満ちた青年ゲーテに近い若者である。若いファウストは、行動するにあまりにも急である。街角で通りがかりのマルガレーテに声をかけて拒絶されたファウストは、それにますます刺激され、「さあ、あの娘を手に入れてくれ！」（二六一九）と、さっそく従僕メフィストをけしかける。内心ほくそ笑みながらも、「どのみちそう手っとり早くはいきませんよ。／一挙に突撃して落とせる城じゃない」（二六五五）「ただストレートに召し上がって、なんになります？」（二六四七）とメフィストは、宥《なだ》めにかかる。しかしファウストは「今晩にもあの美しい娘を腕に抱かせろ、それができぬなら／今夜かぎりで、もうきみとはお別れだ」（二六三八）と、エロス的な衝動に駆られている。

　生涯を学問にかけてすら、世界を奥の奥で統べるものを知り得ないことに絶望する学者ファウストと純朴なグレートヒェンは、メフィストの仲介なくしては繋がらない。若く性急で自由奔放な若者と素朴な少女との不幸な恋愛と、学問に絶望した老学者との関係には、幾分かの説明が必要であろう。『ファウスト』成立史が、二つの悲劇の関係に光を当ててくれる。

　ゲーテは、一七七五年十一月ヴァイマルに移住した時、すでに当時書き溜めていた『ファウスト』の手稿を携えていた。一七七三年頃から、詩人がヴァイマルに移る一七七五年までの間に書かれた『「ファウスト」初期稿』、いわゆる『ウルファウスト』は、ドイツ文学史におけるシュトゥルム・ウント・ドラング（疾風怒濤）の詩人「若きゲーテ」によるものである。[12]

　若きゲーテによる『「ファウスト」初期稿』は、ヴァイマル宮廷に仕えていたルイーゼ・フォン・ゲッヒハウゼン（一七五二―一八〇七年）によって筆写され、それは一八八七年エーリッヒ・シュミットによって出版された。ゲーテの死後半世紀余を経て陽の目を見た最初期の『ファウスト』は、「グレートヒェン悲劇」を主たる内容とし、可憐な町娘の悲劇は「牢獄の場」で終わる迫真的な場を中心に構想されていた。学問に絶望したファウストが自殺への誘惑にかられ、その後メフィストと契約するという「学者悲劇」の前半部には、「契約」の場をはじめまだ多くが欠けており不完全であった。[13] これに対して、グレートヒェンの悲劇には基本的に欠落する要素はなく、若きゲーテの心を捉えていたのは、もっぱらグレートヒェンであったと考えられる。学者ファウストの悲劇は、掘り下げた性格付けの点でも不十分であり、悪魔メフィストの出現も唐突で、ファウストが若返る「魔女の厨」の場も欠如しているため『ファウスト第一部』を構成する二つの悲劇の関連性は薄かった。[14]

グレートヒェンの悲劇を執筆した頃の一七七二年から七五年当時のゲーテは、『若きヴェルテルの悩み(Die Leiden des jungen Werthers)』(一七七四年)を発表してドイツのみならずヨーロッパ中に衝撃を与え、いわゆる「天才派」、疾風怒濤の中心人物としてドイツ文壇で活躍していた。若き詩人らの作品は、自己の才覚を十分に展開するための自由な活動を制約する社会制度に、奔放で情熱的な愛情を対置した。若きゲーテにおいては、愛の持続を持ち堪えられない男、変わらぬ愛にとどまることのできない不誠実な男の姿が、『ウルファウスト』と同時期に執筆された戯曲に繰り返し取り上げられている。[15]

若きゲーテの自伝的関連から、グレートヒェンのモデルとして、シュトラスブルク滞在時代の恋人フリーデリケ・ブリオン(一七五二―一八一三年)やヴェッツラール時代の想い人シャルロッテ・ブッフ(一七五三―一八二八年)について言及される。さらに、グレートヒェン悲劇の構想に、一つの重大な契機をもたらした女性は、フランクフルトで一七七〇年から一七七二年にかけて起きた嬰児殺し事件裁判の当事者ズザンナ・マルガレータ・ブラント（一七四六－一七七二年）である。[16] ドイツのシュトゥルム・ウント・ドラング文学は、「嬰児殺しの女性」のモティーフ、誘惑された市民階級の女性を多く取り上げた。それらの作品はバラード、戯曲、小説と多岐に渡る。貴族の男性と身分の低い女性との関係は、社会批判も含めて悲劇的な結末を用意することが通例であった。

4 ファウストの活動とメフィスト

ファウストは「落ち着かなげに」というト書きとともに登場し、抑えがたい行動への衝動に囚われている。かれは安らぐことなく、憩うことなく、焦燥感に苛まれ、充実した生を渇望している。かれの籠もった「くらくて陰気くさい」書斎はすでに「牢獄」（四九八）と化していて、窓から射しこむ月の光にわずかに慰めを見いだすばかりである。一切を投げ打って努めてきた学問に対する絶望の淵に落とされている。あらゆる知識に絶望しても、魔術の力を期待して、メフィストの手引きで若返る。誇り高い男子の活動を求めつつ、かれは官能に耽ける。ファウストには、どのような状態にも決して止まることのできない不満と焦燥の行為がある。ファウストがメフィストに要請するのは、陶酔、恋に目のくらまされた憎悪、悩みに満ちた享楽、人類が達した最高最深のものなど、つまりは、崇高な精神の探求者の目指すものと、低俗卑猥な地上的悦楽とが一緒くたに望まれている。

メフィストからは冷笑的に「天からはいちばんきれいな星々をほしがり、／地上からは最高の快楽を要求する」(三〇四)と評される。ファウスト自身も、胸のうちに棲む二つの魂、すなわち神的能力である理性を持っているものの、同時に動物でもあるという矛盾に苦しむ。[17]「無限なるもの」「永遠なるもの」に憧れる一方で、ファウストは地上の生に烈しく執着する。

若返ったファウストの行動は、メフィストフェレスを案内人としている。グレートヒェンを堕落させるために全てを行うメフィストは、鋭利な洞察力を持ち、実践的な合理的思考に基づいて行動する。[18] メフィストは合理主義を貫く現実主義者として、あらゆる理念的秩序と道徳的秩序から切り離されている。ファウストもこの意味においてはメフィストの対極にあるわけではなく、かれ自身の持つ啓蒙主義的なヒューマニズムと、目的を絶対視するの合理的理性との間の矛盾がある。ファウストとメフィストの両者はこの意味で似通っていて、両者は常に、目的を現実において即時に具体化することに共に関与している。諸々の理念はすぐに実現されなければ気が済まないという、抑えがたい欲望と行動への衝動が、ファウストの持っている肯定的な要素をも躓《つまず》かせてしまう。

ファウストは、内に根ざす休みなき活動の欲求、たえざる前進への衝動に突き動かされている。その根底にある感覚をファウスト自身は、「世界はありとある流れに分かれて滔々と刻々に変動を続けているのに、／私だけが約束一つに縛られたままでいなければならないのか?」(一七二〇)、「さあ、波たちさわぐ「時」のただなかへ、／めくるめく「事件」のうねりの中へ飛びこもう!／〔中略〕／休みなく活動してこそ、男というものだ」(一七五四)。このような生の感情に生きるファウストにとっては、「瞬間」

を尊重することなど出来ない相談である。

抑えがたい衝動に駆られたファウストは、地上的、感覚的、エロス的なものに落ち込んでいく。愛するグレートヒェンを破滅させ、彼女の救いにとって大切な時期ですら、地獄の仲間たちとブロッケン山に遊ぶのである。「ワルプルギスの夜」の体験の後、ファウストはグレートヒェンが一人で味わった苦しみを思い、それを故意に隠していたメフィストを罵《ののし》る。しかし、これに対してメフィストは冷静かつ的確に反論する。「一体あいつをこんな難儀におとしいれたのは誰です。わたしですか。あなたですか」メフィストはこの台詞によって、グレートヒェンの苦しみの責任は全てファウストにあるとして、グレートヒェンはあくまでファウストの犠牲になったことを明確にする。[19] そもグレートヒェンはメフィストにとってはごく普通の町娘に過ぎず、グレートヒェンの「堕落」も、ファウストを陥れる目的以上にはメフィストの関心事とはならない。

5　グレートヒェンの贖罪

第一部の最終場面、愛する人のために母と兄を失い、当のファウストにも見棄てられたグレートヒェンは、わが子を手に掛けた嬰児殺しの罪で牢につながれ、処刑を翌朝に控えている。そこに急を知ったファウストが駆けつける。鉄扉の前に立ったファウストの耳には、「なかで歌う声がする」（四四一二）。

「ふしだら女の母さん、／わたしを殺した！／ろくでなしの父さん、／わたしを食べた！／小さいわたしの妹が／お骨をひろってくれて、／涼しい木陰においてくれた。／わたしはきれいな小鳥になって。／飛んでいく、飛んでいく！」（四四一二）

ファウストとの出会いによって、グレートヒェンは牧歌的な世界から放逐され、心ならずも母の命を奪い、寄る辺ない母として我が子に手をかけてしまった。純朴なグレートヒェンはファウストの一切を受け入れていたのだ。ファウストの無信仰に心を痛め、「ああ、わたし、あなたのことどうにかしてあげられたらいいのに！」（三四二二）と嘆息しつつも、ファウストとの夜の逢引のため、母親に飲ませるよう小壜を渡されると、「あなたのためなら、わたし何だってしてよ」（三五一四）と受け入れる。「わたし、あなたのためにもういろんなことをしてしまって、／このうえしてあげられることは何もないと思っていたのに」（三五一九）もかかわらず、事態が切迫して「自分が罪にさらされ」、社会的処罰の危機に直面しても、「でもこうなるまでのすべてのことが、／まあ、なんてよかったのだろう。うれしかったことだろう」（三五八四）。すべてを引き受けたグレートヒェンは、悔やむことも相手の責任を問うこともない。

しかしグレートヒェンは、最後にファウストの要求を拒む。「放してください！　わたし、力ずくはいや！／［中略］／ほかのことは、わたし、何でもいうとおりにしたじゃありませんか」（四五七六）。メフィストの力を借りて、ここから逃げ出すわけにはいかない。彼女はいま裁かれなければならない。暗示されるのは、その後のファウストの「救済」のため、グレートヒェンは神に裁かれなければならないことである。グレートヒェンは、その死に際して「神さま、お裁きくださいまし、この身をお任せいたします」（四六〇四）という告白によって悔恨と絶対帰依のまごころを神に示す。だからこそ、「この女は裁かれた」というメフィストの声を圧して、「救われたのだ」と天上からの声が響き、グレートヒェンは罪の浄化に浴した。

グレートヒェンは、贖罪と絶対帰依によって聖母の慈しみを受ける。それによってのみ、最終局面に至るまで福音を退け、自己の罪責を無視し、行動意欲のままに突進したファウストを、聖母の栄光圏へ導くことが可能となる。世界を駆け巡る長い行路の果てに、ファウストの身に実現する「救い」を仲介するのは、かつてグレートヒェンと呼ばれた女性なのである。

結語

ファウストの持つ倫理的には甚だ問題のある休みなき行為、生の衝動は、ゲーテの創作原理「告白としての文学」を手がかりとすると、作者自身のうちに求めることが出来る。ゲーテは自分を「喜ばせたり苦しめたり」、あるいは自分の「心を動かしたものを、一つの形象、一つの詩に変えてしまい、それについて自分自身と決着をつけ」るというのが常であった。そうすることで、ゲーテは外部の事物に関する自分の持っている概念をただすとともに、自らの内部を落ち着かせるという傾向を生涯持っていた。

それゆえ、このような「天分は、極端から極端に走る性向」の彼にとっては「誰よりも必要であった」とゲーテは回想する。このような理由から、かれの著作と知られるようになった全てのものは、「大きな告白の断片」に過ぎないとも言い得るのである。〔20〕

ゲーテが創造した主人公はゲーテの分身である一方で、生の衝動に駆られて罪を犯し続けるファウストをゲーテと同一視することももちろん出来ない。疾風怒濤時代のゲーテが『ヴェルテル』を発表した時、かれは自殺を賛美する背徳の詩人として、とりわけ神学者から避難攻撃された。しかしゲーテ自身は、自分のある一面を背負ったヴェルテルを死なせることによって、かれの青年期最大の危機を克服し、自らは生き残ることが出来たのである。

御し難い生の衝動を自らのうちに持っていたゲーテは、ヴァイマール古典期以後には次第に自分の内にあったそのファウスト的衝動を抑制し、晩年には諦念の境地に達した。『ファウスト』の成立理由を理解しなければ、神を捨て、グレートヒェンを不幸に陥れ、メフィストと結託して様々な事業を行い、フィレモンとバウキスを焼死させ、最後には悔悟もせず、何の償いもせず天国へ迎え入れられるファウストを非難攻撃するに終始してしまう。

ゲーテにとって『ファウスト第一部』を完成することは、詩的着想のおもむくままに書き続けていた「グレートヒェン悲劇」の孕む問題性を、自分自身の内部で意識化する過程でもあったであろう。しかもそれによって作品は、生気にあふれた若い詩人と六十代を間近にした古典期の詩人の二重の視点から制作されることによって重層化し、時に危険なほどの多義性を持つまでになった。悲劇の主人公ファウストは、ゲーテ自身の内部にあった休みなき活動の欲求であり、生涯ゲーテとともにあり、『ファウスト』の完成を要請した。ゲーテが自己の内にいるファウストとの訣別を希求していたのであればこそ、自らの詩人としての最終局面に、その完成に心血を注いだのである。ファウストはゲーテにとり、克服しなければならない生涯の課題であった。

主要参考文献

ゲーテ（著）『ゲーテ全集　第三巻』山下肇・前田和美（訳）潮出版社、一九九二年

ゲーテ（著）『ファウスト　第一部』池内紀（訳）綜合社、第一刷一九九九年

森鷗外（著）『ファウスト　森鷗外全集十一』筑摩書房、第一刷一九九六年、第六刷二〇一〇年

木村直司（著）『ゲーテ研究――ゲーテの多面的人間像』南窓社、第一刷一九七六年、第二刷一九九四年

作者紹介と作品概略

ヨハン・ヴォルフガング・フォン・ゲーテ（一七四九－一八三二年）

ゲーテは、一七四九年フランクフルト・アム・マインに生まれ、一八三二年ヴァイマルに没した。ゲーテは、詩人、劇作家、小説家として知られているものの、他方で自然科学者、政治家、法律家とし

ても活動した。一七七四年ドイツ帝国最高法院で実務を見習った時の恋愛を材にとった『若きヴェルテルの悩み』を発表し、一躍その文名をドイツのみならず、ヨーロッパ中に轟かせた。その後に招聘されたヴァイマル公国では大公の信頼を得て、大臣、内務長官、宮廷劇場総監督に任ぜられた。畢生の大作『ファウスト』には、若き頃の着想から一八三一年の完成まで実に六十年の歳月が費やされた。

『ファウスト　悲劇（Faust. Eine Tragödie）』（一八〇八年）

『ファウスト　悲劇　第一部（Faust. Eine Tragödie. Erster Teil）』は「天上の序曲」から始まる。誘惑の悪魔メフィストフエレスは、世界の真理を極めたいと望んでいる主人公・ファウスト博士を誘惑し、ファウストが彼の誘惑に負けたらその魂をメフィストの好きにしてもよい、という賭けを神と行う。メフィストはファウストの書斎に忍び込み、地上のあらゆる快楽をファウストに経験させる代わりに、かれが満足の言葉を口にした時、ファウストはメフィストにその魂を引き渡す、という契約を結ぶ。ファウストはメフィストの秘術によって若返り、街で出遭った素朴で信仰心の篤いマルガレーテを誘惑する。マルガレーテはファウストの子を身ごもる。その後ファウストはマルガレーテの前から忽然と姿を消し、彼女は錯乱状態に陥った末、生んだ子供を殺してしまう。彼女は逮捕され、斬首刑を待つ身となる。それを知ったファウストはマルガレーテを助け出しに行くが、彼女はファウストの背後に悪魔の影を見出し、脱獄を拒んで処刑を受けると言い張る。ファウストは罪の意識にさいなまれて絶望し、マルガレーテをひとり牢獄に残してメフィストに引っ張られるままにその場を去る。

『ファウスト　悲劇　第二部 (Faust. Eine Tragödie. Zweiter Teil)』(一八三二年)では、長い眠りから目覚め、自然から生気を得たファウストが、今度は歴史と政治の大きな世界での遍歴に入る。神聖ローマ皇帝の城にはすでにメフィストが道化として入り込んでいる。帝国の財政が破綻しかけているので緊急会議が開かれている。メフィストが金を紙幣に交換するシステムを吹き込み、破綻しかけていた財政問題を解決する。カーニバルの際に現れたヘレナは消えてしまい、ファウストは気絶し、メフィストによってもとの書斎に運ばれる。助手であったヴァーグナーは、錬金術師となっていて人造人間ホムンクルスを創造する。ファウストとメフィストは導かれていったギリシアで美の象徴ヘレナに再会する。ファウストはヘレナと結婚し、オイフォリオンが生まれるが、向上への衝動と性急さのために死んでしまう。魔法の力で皇帝を助けて戦争に勝ち、報酬として海岸沿いの土地を得て、干拓事業に乗り出す。新国土建設の事業はほぼ成功したかに見えるが、小さな聖堂のそばに住む老夫婦を立ち退かせようとして、メフィストに小屋ごと焼き払われて、フィレモンとバウキスは命を落としてしまう。ファウストは、「憂い」の霊に息を吹きかけられ視力を失う。建築工事のつるはしの音に聞こえるのは実は彼の墓を掘る音であるが、ファウストはたくさんの同胞のために自由の楽土を想像し、最高の幸福を予感して、瞬間に向かい「とまれ、おまえは実に美しいから」と言う。禁句を口にしたファウストは、メフィストとの賭けに破れて死ぬ。しかしファウストは、かつてグレートヒェンと呼ばれた女の霊に導かれ、高みへと昇っていく。

注

〔1〕Historia von D. Johann Fausten. Text des Drruckes von 1587. Kritische Ausgabe. Mit den Zusatztexten der Wolfenbütteler Handschrift und der zeitgenössischen Drucke. Herausgegeben von Stephan Füssel und Hans Joachim Kreutzer. Stuttgart 1988.ファウスト民衆本およびファウスト神話については以下を参照。木村直司（著）『ドイツ精神の探求——ゲーテ研究の精神的文脈』南窓社、一九九三年。

〔2〕[Marlowe:] Doctor Faustus. A- und B-texts (1604, 1616). Christopher Marlowe and his collaborator and revisers. Ed. by David Bevington and Eric Rasmussen. Manchester and New York 1993; Christopher Marlowe: Die tragische Historie vom Doktor Faustus. Deutsche Fassung. Nachwort and Anmerkungen von Adolf Seebass. Stuttgart 1964.

〔3〕Faust, ein Fragment. In: Goethe's Schriften. 8 Bände. Leipzig 1787-1790. Band 7 (1790), S. 1-168.

〔4〕Faust. Eine Tragödie. In: Goethe's Werke. 13 Bände. Tübingen 1806-1810. Band 8 (1808), S. 1- 234.

〔5〕本章執筆に際しては下記の論考から多くの教示を得た。増田和宣「ファウストの死と救い」〔上智大学ドイツ文学会（編）「上智大学ドイツ文学論集」一九七一年、一—二二頁所収〕。

〔6〕ゲーテ氏（原著）『独逸奇書・狐の裁判』井上勤（訳）繪入自由出版社、明治十七年。

〔7〕作家としてのゲーテは鷗外のほか高山樗牛、北村透谷、国木田独歩、島崎藤村、倉田百三、芥川龍之介、思想家としては内村鑑三、阿部次郎、西田幾多郎、亀井勝一郎など、主にニューマニズムの側面から影響を及ぼしている。

〔8〕鷗外以前の『ファウスト』日本語訳は、どちらも第一部のみだが明治三十七年の高橋五郎訳、明治四十五年の町井正路訳がある。さらに新渡戸稲造による『ファウスト物語』（明治四十三年）がある。町井訳『ファウス

ト』は「後編便概」が添えられているけれどもそれは英語からの重訳である。

〔9〕戦後以降に出版された『ファウスト』第一部・第二部の邦訳は十一を数えている。

〔10〕初期の『ヴェルテル』受容以後、日本におけるゲーテ理解は次第に多様化する。その際、ドイツ語でゲーテを読み始めたのは宗教家や哲学者たちであり、彼らの関心はとりわけ『ファウスト』に向けられた。アメリカのアーマスト大学でR・リチャードソン教授からドイツ語を学んだ内村鑑三は、『ファウスト』をハイネにならって「世俗の聖書」と呼び、新渡戸稲造は旧制第一高等学校の校長をしていた時、仏教の知識とキリスト教の理解に基づき啓蒙的な『ファウスト物語』を著した。新渡戸稲造の『ファウスト物語』は、「第一高等学校生徒の依嘱に応じ世界文学の代表作物としてのゲーテの『ファウスト』を講じて、其の便概を話した」、その講義録をまとめたもので、内容は第一部のみとなっている。

〔11〕ゲーテ『ファウスト』からの引用に際しては詩行を本文に記す。邦訳は潮出版社版『ゲーテ全集』第三巻（一九九二年）に所収の山下肇・前田和美訳を参照。

〔12〕グレートヒェンの姿は、シュトゥルム・ウント・ドラング期の傑作『若きヴェルテル』で語られる、恋人に棄てられ絶望のあまり自殺するひとりの市民の娘の姿を彷彿とさせる。「気立てのいい娘だった。狭い環境に生い立ち、毎週きまった仕事を引き受け、家事に従事するだけの暮らしだった。日曜日には少しずつ買いためたものでおめかしをして、仲間の女の子たちと郊外をぶらつくとか、お祭りともなれば逃さずダンスに出かけたり、そのほか喧嘩や陰口の詮索に熱中して、近所の女の子と時間を忘れておしゃべりするのが関の山、という、たのしみといってはほかにあてもない、そんな娘だったんだ」

〔13〕Vgl. Jochen Schmidt: Goethes Faust. Erster und Zweiter Teil. Grundlagen – Werk – Wirkung. München 1999, S. 35 („Allerdings fehlen in der Gelehrtenhandlung noch die Verse 606 bis 1867 der vollendeten Fassung.“) und S. 338-

341 (Szenen- und Verskonkordanz zu Urfaust, Fragment von 1790 und Faust I).

〔14〕Vgl. Goethe•Faust. Der Tragödie erster und zweiter Teil. Urfaust. Herausgegeben von Erich Trunz. [Unveränderter Nachdruck der Ausgabe München 1986] München 2010, S. 374 und S. 747-749.

〔15〕『ゲッツ・フォン・ベルリヒンゲン』（一七七三年）のヴァイスリンゲン、『クラヴィーゴ』（一七七四年）の同名の主人公、さらに『シュテラ』（一七七五年）のフェルナンドなどが、ゲーテ自身が抱いていた切実な問題としての「不実な男性」の典型として指摘できる。Vgl. Wolfgang Fehr: Der junge Goethe. Drama und Dramaturgie - eine analysierende Gesamtdarstellung. Erste Auflage. Padereborn 1994, S. 159.

〔16〕Vgl. Leben und Sterben der Kindsmörderin Susanna Margaretha Brandt. Nach dem Prozeßakten der Kaiserlichen Freien Reichsstadt Frankfurt am Main, den sogenannten Criminalia 1771, dargestellt von Siegfried Birkner. Frankfurt am Main 1973.

〔17〕木村直司（著）『ゲーテ研究――ゲーテの多面的人間像』南窓社、第一刷一九七六年、第二刷一九九四年、三四七頁を参照。

〔18〕Vgl. Albert Fuchs: Mephistopheles. Wesen, Charakterzüge, Intelligenz – Seine geheime Tragödie – Das Problem seiner Rettung. In: Werner Keller (Hg.): Aufsätze zu Goethes ,Faust I'. 3., bibliographisch erneuerte Auflage. Darmstadt 1991, S. 348- 361, hier S 343f. und S. 353.

〔19〕Vgl. Eudo C. Mason: Mephistos Wege und Gewalt. In: Werner Keller (Hg.): Aufsätze zu Goethes ,Faust I'. 3., bibliographisch erneuerte Auflage. Darmstadt 1991, S. 521-543, hier S. 538.

〔20〕Vgl. Goethes Werke. Band IX. Autobiographische Schriften I. Textkritisch durchgesehen von Lieselotte Blumenthal. Kommentiert von Erich Trunz. Vierzehnte Auflage. München 2002, S. 283.

第8章

森鷗外『舞姫』

——明治のエリートとベルリンの踊り子の危難の時

近代ドイツ文学作品に焦点を当てるはずの第Ⅲ部で、森鷗外の作品と出会うことに奇異の念を抱かれる方もいるかもしれない。しかし『舞姫』と『ファウスト』の比較研究は、国文学、ドイツ文学研究の双方の領域において、また比較文学研究においてもすでに久しい以前から、近代化を進める日本と西欧との直接的な対峙を芸術的な形で示す稀有なケースとして、多くの研究者によって取り組まれてきた。前章を発展的に引き継ぐ形で、ゲーテの『ファウスト』との比較研究の視点から、日本近代文学の出発点とも言える『舞姫』を考察する。

1　鷗外とゲーテの比較研究

鷗外、森林太郎（一八六二―一九二二年）は『舞姫』の作者であり、『ファウスト』第一部・第二部の全巻の本邦初訳者である。[1] 鷗外と『ファウスト』の出会いは、明治十七（一八八四）年から二十一（一八八八）年までのドイツ滞在時代に遡る。横浜を出帆したのは明治十七年八月二十四日、そして十月十一日ベルリンに到着している。ドイツ滞在二年目の夏、最初の留学地ライプツィヒで早くも鷗外は、自分の書架に「ギヨオテ全集」のあることを書き留めている。「架上の洋書は已に百七十餘巻の多きに至る。〔中略〕ダンテDanteの神曲Comediaは幽昧にして恍惚、ギヨオテGoetheの全集は宏壮にして偉大なり。誰か來たりて余が樂を分かつ者ぞ[2]」。同じ明治十八年十二月二十七日には、『ファウスト』第一部の舞台の一つアウエルバッハの酒場に繰り出したことも記されている。クリスマス休暇中に井上哲次郎とともに訪れたその酒場で、当然ながら『ファウスト』が話題となった[3]。

鷗外が本格的に『ファウスト』を読み始めるのは、明治十九年一月、ドレスデン時代と推測される。明治十九年二月五日には、『ファウスト』（第一部）の上演を聞きつけ、早速「往いて観」たことも『獨逸日記』の記述から知ることができる[4]。このような状況から、鷗外はすでにドイツ留学の前半から『ファウスト』の概略を知っていたと判断して良いだろう。その後二度の中断を経て、最終的に『ファウスト』を読了したのは、鷗外の帰朝後と推測されている。しかし遅くとも明治二十六年五月までには、すなわち鷗外三十二歳の頃には『ファウスト』全編を読了していたとの推定は、研究者の間では概ね共通理解となっている[5]。若き鷗外の目の前に現れたのは『ファウスト』第一部の、とりわけ「グレエトヘンの事[6]」であり、鷗外の『舞姫』とこの「小さきSturm und Drangのかたみ[7]」との深い関連は疑いの余地がない[8]。

西欧近代文学の代表作『ファウスト』の訳出は、文部省に設けられた文芸委員会から嘱託され、明治四十四年七月から翌年一月にかけて行われた。刊行は大正二年となり、「第一部」は一月に、「第二部」は三月に発行された。五十歳直前の鷗外による西欧近代文学の古典作品の、第二部を含めた初の全巻翻訳は、その後の日本における『ファウスト』受容に深い影響を及ぼした[9]。

大正二（一九一三）年の『ファウスト　第一部』『ファウスト　第二部』公刊後、鷗外は『訳本ファウストに就いて』（大正二年）と『不苦心談』（大正二年）を執筆している。いずれにおいても翻訳者としての自らの立場を述べ、「私が訳したファウストについては、私はあの訳本をして自ら語らしめる積でいる[10]」

と端的に表現し、作品に対するコメントをあまり残していない。また大正二（一九一三）年十一月、鷗外は「ファウストの附冊」として『ギョオテ伝』と『ファウスト考』を同時に発表している。両者はそれぞれ、アルベルト・ビルショウスキ『ゲーテ伝』（一八九五年）とクーノー・フィッシャー『ファウスト研究』（一九〇八年）を編訳、抄訳したものに近い内容となっている。[11] それはまた鷗外自身の『訳本ファウストに就いて』の中の言及からも明らかである。

二十九歳の鷗外が執筆した『舞姫』は、明治二十三年一月三日『国民之友』第六十九号の新年附録に初掲載された。その後、鷗外自身が校訂を重ねたことで、現在では自筆原稿を含め七種類の校本が存在する。[12] 大正五年の『縮刷水沫集』掲載の『舞姫』が鷗外の最終加筆本である。

一、明治二十二年の鷗外森林太郎自筆原稿『舞姫』（跡見学園女子大学所蔵）
二、『国民之友』民友社、第六拾九号附録、明治二十三年一月三日、一―一七頁に初出の鷗外森林太郎（著）『舞姫』
三、「國民小説」民友社、明治二十三年十月三十日、七六―一〇三頁所収の鷗外（作）『舞姫』
四、『美奈和集』春陽堂、明治二十五年七月二日、七九―一〇〇頁所収の鷗外漁史（著）『舞姫』
五、『改訂水沫集』春陽堂、明治三十九年五月二十日、七九―一〇〇頁所収の森林太郎（著）『舞姫』
六、『塵泥』千章館、大正四年十二月二十三日、一〇七―一六八頁所収の森林太郎（著）『舞姫』
七、『縮刷水沫集』春陽堂、大正五年八月、所収の『舞姫』

日本近代文学の黎明期の傑作である鷗外の『舞姫』に関しては、伝記的事実の検証、文献学的研究[13]、鷗外の『ファウスト』との出会いから翻訳に至る経緯、とりわけその「グレートヒェン悲劇」との関連性[14]、生前に出版された『舞姫』校本の異動の比較検討、そして舞姫エリスの「モデル探し」も幾度となく行われてきた。作品の執筆された時代背景に留意して、作者鷗外の人生行路、作品の虚構と鷗外の自我との関連からも検討され、近代的自我の覚醒と挫折、良心を裏切り功名に走る転向のドラマとも解釈されてきた。近年は「都市小説」「語りの構造」「自我」哲学的・美学的意味での「時間」や「時代性」、社会的意味での「時間」「近代の問題性」をキーワードに『舞姫』を読む試みがなされている[15]。

本章は、以下三つのポイントから双方の作品を比較検討する。第一に、読者に深い印象を与え、研究者をしてそのモデル探しに駆り立てた悲劇のヒロイン・エリスから指摘される『ファウスト』との関係である。『ファウスト』第一部のヒロイン、グレートヒェンの悲劇は、若きゲーテが執筆を開始した『「ファウスト」初期稿』(『ウルファウスト』)に遡る。第二に、『舞姫』の作品構造は、主人公が自らのドイツ留学を振り返り、深層にある自分を明らかにするため筆を執るスタイルになっている。この手記の「書き手」太田豊太郎が属する近代初頭の知的市民エリートの懐疑と苦悩、苦しみながら吐露された新しい時代の生の体験が問題となる。この小説構造は、ゲーテの書簡体小説『若きヴェルテルの悩み』(一七七四年)のそれと類似している。第三に、豊太郎とファウストの比較を考えると、ドイツ文学史における一七七〇年代の「文学革命」(ゲーテ)、シュトゥルム・ウント・ドラング(疾風怒濤)の描く男性の行動欲、主人公の巨人的野心によって少女が犠牲になる悲劇が成立している点に着目できる。

2　エリスとグレートヒェン

「グレートヒェン悲劇」と『舞姫』との共通点、素材としての『ファウスト』に関しても、先行研究で多く取り上げられている。外国文学作品との比較検討は発表当時からなされており、鷗外自身も『舞姫』の素材を問われて、「能くああいふ話はあるものです[16]」と述べている。本章では鷗外のドイツ文学、わけても『ファウスト』体験と創作の狭間で成立した『舞姫』に改めて考察を加えてみたい[17]。

鷗外は作品の最後で、エリスの精神的な死の状況を精確に描写する。「これよりは騒ぐことはなけれど、精神の作用は殆全く廃して、その痴なること赤児の如くなり。医に見せしに、過劇なる心労にて急に起りし『パラノイア』といふ病なれば、治癒の見込なしといふ[18]」。

エリス発狂の場面の重要性は、明治二十三年の初出『舞姫』では、「ブリヨートジン[19]」となっていたものが、明治二十五年の『美奈和集』では「ブリヨウトジン」に修正され、さらに大正四年の『塵泥』及び五年に出版された『縮刷水沫集』では「パラノイア」と訂正されていることからも窺える[20]。さらにエリス発狂後の豊太郎の帰国に際しては、初版『舞姫』では、「エリスが母に幽かなる生計を営むほどの金をば残し置きぬ」となってところを、『美奈和集』以後は、「大臣に随ひて帰東の途に上ぼりしときは、相沢と譏りてエリスが母に微なる生計を営むに足るほどの資本を与へ、あはれなる狂女の胎内に遺しし子の生れむをりの事をも頼みおきぬ」（三五頁）と入念に加筆している。初版出版二年後の改訂で「あはれなる狂女の胎内に遺し、子の生れむをり」と追加されたことで、悲惨な状況はさらに克明に描写される。狂女となったエリスの描かれなかった未来には、グレートヒェンと重なる「嬰児殺しの女」[21]のモティーフがはっきりと導入された。

『舞姫』のストーリー展開と重なるグレートヒェンの運命を頼りとして、エリスの悲劇を再考したい。『ファウスト』の第一部、とりわけ『「ファウスト」初期稿』におけるグレートヒェンの悲劇の構想は、シュトラスブルク時代のゲーテが熱烈な愛情を捧げたフリーデリケ・ブリオン（一七五二―一八一三年）と、さらにフランクフルト時代の弁護士ゲーテが自ら見聞した一人の女性の裁判に遡る。当時の帝国自由都市フランクフルトで一七七〇年から一七七二年にかけて行われた嬰児殺し事件の当事者ズザンナ・マルガレータ・ブラント（一七四六―一七七二年）は、裁判の結果、死刑となった。

ドイツ文学史において『ファウスト』を頂点に一時代を画した「嬰児殺しの女性」のモティーフを取り上げる作品は多く、身分違いの恋としての貴族の男性と身分の低い女性との恋愛、その後に捨て去られた女性がやむなく生まれてきた赤子に手をかけ悲惨な結末に至る、という展開がほぼ共通している。未婚女性の出産は魔女に惑わされたためとして、死刑に処せられていた時代の最後にあたるのが、ゲーテの時代である。ドイツのシュトゥルム・ウント・ドラング文学は「嬰児殺しの女性」のモティーフ、貴族男性に誘惑された市民女性の悲劇を好んで取り上げた。それらの作品のジャンルはバラード、戯曲、小説と多岐に渡っている。[22]

『舞姫』のヒロインであるエリスも身分は低く、つましい環境で生活する女性として登場する。エリスは『私娼（ちごく）』に身を落とす寸前の状況にあった。明治三十年に鷗外は「其れから小芝居の舞妓と云うものは、巴里の方で云ふ『ドミモンド』即ち上等の私娼（ちごく）の類が多い、一躰舞姫といふ字は『バレチウズ』の譯で、『バレット』と云ふ踊を、をどる女のことです[23]」と自ら説明している。鷗外は「舞姫」を「私娼の類」と認識していたのである。

鷗外の『舞姫』の独自性は、ヒロイン・エリスの「成長」の物語となっていることである。豊太郎が出会った時のエリスは、年の頃は十六、七歳で黄金の髪をした少女で、仕事着を身につけ、「鎖したる寺門の扉」（一四頁）の前ですすり泣いていた。異国の官吏豊太郎を前に覚悟を決めて「人の見るが厭はしさに、足早に」（一五頁）かれを悲惨な我が家「マンサルド」（一六頁）の街に面した部屋に誘う。父の葬式代も出せず、母の言葉に従い身を汚すしかないとエリスは絶望していた。しかしストーリーが進むにつれ、新しい展望を拓く。豊太郎と結婚し、豊太郎の子を産み、豊太郎の妻として帰国するための旅費を異国の大臣に要求し、まだ見知らぬ世界で新たな人生を始める決意をする。

生活苦もあまり知らず、ややメランコリックな太田豊太郎は、その後のエリスとの関係においてはむしろ受け身である。エリスは豊太郎から物書きを教えてもらうことで、手紙を通じて自己を表現し、自己主張する。ロシアを訪問する天方大臣の通訳としてロシアに赴いた豊太郎に宛て、エリスは手紙をしたためる。この手紙を読んだ豊太郎は、「ああ、余はこの書を見て始めて我地位を明視し得たり。恥かしきはわが鈍き心なり」（二九頁）と嘆くばかりであった。

3　豊太郎とファウスト

豊太郎とファウストの比較には、明治期のエリートの功名心と行動意欲、ファウストの求めて止まぬ衝動とが接点を用意してくれる。豊太郎が自らを振り返り、書き留めて生み出した「文学」の中で語られる主人公について考えてみたい。

豊太郎は、「日記ものせむとて買ひし冊子もまだ白紙のままなる」（七頁）と、この「日記」を書く気分になれない心情を吐露するところから書き始める。「あらず、これには別に故あり」（七頁）「あらず、これには別に故あり」（八頁）と繰り返した上で、「人知らぬ恨」のあることを打ち明け、「いかにしてかこの恨を銷せむ」（八頁）と悩んだ末に、「その概略を文に綴りて見む」（八頁）と、この五年間を振り返り始める。逡巡した挙句に書き始められるのは、エリスとの出会いと別れである。エリスとの日々は、豊太郎自身の自我の問題とも絡めて言及されている。

当時は日本に一つしかない大学の法学部を首席卒業したものの、留学先で免官させられた元官吏が、帝国憲法発布の年の明治二十二年、再起をかけて「外交のいとぐち亂れ」た母国に帰る。しかも、官僚機構の頂点に立つ天方伯の随行員としてである。「別に故あり」と二回繰り返された後に続く一文、「我がかへる故郷は外交のいとぐち亂れて一行の主たる天方伯も國事に心を痛めたまふとの一かたならぬが色に出で丶見ゆる程なれば隨行員となりて歸るわが身にさへ心苦しきこと多くて〔後略〕[24]」は、明治二十三年十月『国民小説』に再掲されて以後は削除されている。「明治廿一年の冬は来にけり」（二二頁）という一文によって暗示される帰国の年、明治二十二（一八八九）年は、国家理念を大日本帝国憲法を通じて公表し、翌年それに基づいて第一回帝国議会が召集される明治国家の体制が整う転換の年であった。この日記が書かれている時期を考慮すれば、エリスとの訣別、少なくともそれを求める豊太郎の意思が最終的には明確になっていると理解できる。

　豊太郎が日記で言及するもう一つの肝心な点は、彼自身がドイツの大学で学ぶうちに「奥深く潜みたりしまことの我」（一一頁）を発見したこと、「ただ所動的、器械的の人物」（一一頁）になっていた自己に対する疑念を抱くようになった経緯である。それまでの豊太郎は、ひたすら模範生として我が身を律し続けてきた。それが古い因襲の残る日本と昔気質の母親から離れ、さらに自由な空気に初めて触れることによって、奥深くしまわれていた心が呼び覚まされる。「今二十五歳になりて、既に久しくこの自由なる大学の風に当りたればにや、心の中なにとなく妥ならず、奥深く潜みたりしまことの我は、やうやう表にあらはれて、きのふまでの我ならぬ我を攻むるに似たり」（一一頁）。またそれは、「所動的、器械的の人物」であることを否定することになり、留学生仲間が実直な彼を「かつては嘲りかつは嫉みたりけん」（一二頁）という状態も昔話となり、ついには官長の信頼まで失ってしまう。

　鷗外を含めた多くの近代初頭の青年は、急激に変化する社会が構成員に要請する責務に呑まれ、個人の生がいわば舞台上の役割に貶められ、自分たちの生きる意味と実感とが奪い去られてしまうと感じていた。真実の生を希求しつつも、絶えず性急な近代化の鞭を背中に受けて、自分は単に与えられた役を次から次へと演じ続けさせられているだけだ、という意識から生じる感情である。

この個人の生に関する感覚と認識は、近代ドイツで文学活動を開始した、ゲーテを中心とする疾風怒濤の詩人たちと酷似する。市民階級の知識層に属するかれらが文壇において新たな一勢力として認識されるのは、かれら自身に共通の感情が表明されたからである。[25] 疾風怒濤の詩人レンツ（一七五一―一七九二年）は、ゲーテがフランクフルトに去った後の一七七三年、シュトラスブルクにおいて「ゲッツ・フォン・ベルリヒンゲンについて（Über Götz von Berlichingen）」と題する講演を同地の文芸学協会で行っている。その冒頭部分はシュトゥルム・ウント・ドラングの詩人に共通する感情を表現している。「われわれが生まれると――両親はわれわれに食べものと着るものを与え――教師はわれわれの頭に言葉と、外国語と、学問を詰め込み――どこかの美しい娘は、動物的な欲求がそこにまったく混ざり込んでこないとしても、彼女と一緒になりたい、彼女を我が物として自分の腕に抱きたいという願いをわれわれの心に吹き込む――この国にわれわれが収まるような働き口があれば――友人も親類もパトロンもこぞってわれわれをそこに押し込み――われわれはしばらくの間、他の歯車と同じようにぐるぐると回転し、押し合い、動きを伝える――その先無事に行ったとしても、それはわれわれが擦り減って新しい歯車に自分らの場所を譲らざるを得なくなるまでのこと――諸君！これこそが、自慢ではありませんが、われわれの生涯です――これでは人間は、われわれが世界、世界の事件、あるいは世界の成り行きと呼ぶ大きな機械に収まってしまう非常に精巧で小さな機械以外の何であるというのでしょうか[26]」。レンツもまた、「法科の講筵をよそにして、歴史文学に心を寄せ」（一一頁）た豊太郎のように、ケーニヒスベルク大学在学中に文学活動を開始し、牧師になるという父親からの要求にかまわず、シュトラスブルクに新たな活動の場所を求めて旅立った。疾風怒濤の詩人の多くは、かれらが望んだ社会での活動場所を得ることは出来なかった。この点、ゲーテは例外となる。豊太郎は、相沢謙吉の用意した凱旋帰国の路線に乗り移る。それは社会の成り行きが要求する役割に他ならないであろう。

4　鷗外の『舞姫』プロジェクト

豊太郎の語りからは、かれ自身の受動的な面も窺い知れるものの、それは近代日本が要求する途方もない国家的要請の結果でもある。他方では、帰国後のかれの活躍も暗示されている。作者森 鷗外自身が、ドイツ留学中の恋愛沙汰、いわば「負の部分」を内面では引きずりながらも、その成果を存分に活かし、軍人としての経歴を重ねていった。作品の主人公・豊太郎が、ドイツ留学を「文学」とすることで、自らの再生と再出発を期し、同時にそれを自らとは距離のある「歴史」化しようと試みていると理解すれば、ゲーテの文学的創作原理との関連について考察する意味がある。

第一に、ゲーテの創作原理「告白としての文学[27]」の概念である。若きゲーテの「告白としての文学」の概念が『詩と真実（Dichtung und Wahrheit）』において披露されている。「こうして私に、生涯はなれることのできなかったあの傾向が始まったのである。すなわち、私を喜ばせ、あるいは苦しめ、その他私の心を動かしたものをひとつの形象に、ひとつの作品に変じ、これによって私自身に決着をつけ、外の事物にたいする私の観念を是正するとともに、内なる心を落ち着かせるという傾向である。生まれつきたえず極端から極端へとはしりがちな私ほどにこういう天分を必要とした人はたぶんほかになかったであろう。それゆえ、私について世に知られるに至ったことはすべて、大いなる告白の断片に過ぎない[28]」。しかしこれ故にゲーテとファウストを同一視することはできない。ゲーテが創造した男性主人公はゲーテの分身であり、他方では決着をつけられたかれ自身の一面である。ファウストは生の衝動に駆られて罪に陥り、ヴェルテルは死への衝動に斃れている。若きゲーテが『ヴェルテル』を発表した当時、自殺を賛美する反道徳的詩人として、神学者だけではなく啓蒙主義者からも避難攻撃された。かれらは、ゲーテがヴェルテルを死なせることによって、自身の青年期の危機を克服し、自らは生き残ったというパラドクスを見抜くことはなかった。

第二は、とりわけ自叙伝執筆に際し、ゲーテが意図したであろう「文学史」、後世の「ドイツ文学史」への関与である。ゲーテには、自らの「生涯」を生前に作り上げようという強い意志があった。彼の自叙伝『詩と真実』は、政治家としてのゲーテ以外の全ての面、とりわけ文芸批評家としてのゲーテを端的に示している。この自叙伝は、詩人二十五歳までのフランクフルトを中心とする比較的短い青年時代を取り扱っているに過ぎない。しかしゲーテは、自己の成長を語ることにより、数々の断片的な作品に脈絡をつけ、自らの創作活動を振り返りつつ、それを「文学史」として語ったのである。[29]

鷗外の『舞姫』について、ゲーテの『ファウスト』及びゲーテの創作活動との関連から、絡み合う糸をたどりつつ考察してきた。『舞姫』の示すドイツ文学史との関連は、意図的かつ念入りである。[30]『ファウスト』を念頭に入れた人物設定、ドイツ文学の伝統モティーフ「嬰児殺しの女性」の導入、さらに『ウルファウスト』時代の、シュトゥルム・ウント・ドラングに典型的な近代の市民階級知識層の自己発展の問題を組み入れ、告白という「枠構造」を用い、ドイツ文学の歴史とその手法を十分に意識して、鷗外は『舞姫』を執筆、加筆修正したはずである。

鷗外にとり『舞姫』は「ドイツ文学史」における「ファウスト受容史」に名乗りをあげるプロジェクトではなかったか、という仮説を掲げたい。鷗外の文学的営為の目的は、ゲーテ同様に現実を再構成しながら、自らの「危難の時」を乗り越えることはもちろん、さらにゲルマニスティークの「ゲーテ研究」の分野に、「日本における『ファウスト』受容」の一項目を設けることも目論んだと推察される。文学史の記述を自ら左右せんとしたゲーテの顰《ひそみ》に倣い、文学的野心を抱く若き鷗外は「ドイツ文学史」への参画を試みたのである。

結語

通信員の斡旋という相沢の援助は、当時の豊太郎にとって決定的なものであった。「既に天方伯の秘書官」（二〇頁）であった相沢の尽力で新聞社の通信員として得る報酬と、エリスの収入とを合わせてようやく二人は、慎ましながらも楽しき日々を送ることができるようになった。二人が出会った当初の上下的な関係は解消され、ほとんど平等の関係が成立し、互いに心理的にも経済的にも不可欠な存在となった。「棲家をもうつし、午餐に往く食店をもかへたらんには、微なる暮しは立つべし。とかう思案するほどに、心の誠を顕はして、助の綱をわれに投げ掛けしはエリスなりき。かれはいかに母を説き動かしけん。余は彼ら親子の家に寄寓することとなり、エリスと余とはいつよりとはなしに、有るか無きかの収入を合せて、憂きがなかにも楽しき月日を送りぬ」（二〇頁）。二人の関係の深化は、エリスの率先的行動と、外部的な状況に迫られての移行と判断しても良かろう。

その後エリスは豊太郎の子を身ごもる。相沢がエリスの妊娠を知ったのは、太田が人事不省で数週間寝込んでいる時である。豊太郎は相沢に肝心なことを伝えてはいなかった。しかし事態の急変を打ち明けてもらえなかった相沢は、太田の不誠実を責めることなどしない。さらに豊太郎は、天方伯爵に日本への帰国を伝えた夜、深夜まで街をさまよい人事不省となることで、エリスに対して自ら破局を宣告することもない。エリスを裏切って捨てた、というよりも、性格の弱い太田はエリスの愛を欺くことが出来なかった。それ故、相沢や天方伯との約束をエリスに伝えることがかれは出来なかった。この「作品」を執筆する直接の動機を生み出した決定的な場面においても、太田は全く無力なのである。相沢は、豊太郎への友情厚く、受動的な太田を帰国に導く。しかしそれは、豊太郎の苦しみや葛藤を斟酌せず行われなければならず、粛々とエリスとの関係を終わらせることに尽きるものであった。豊太郎曰く「この恩人は彼を精神的に殺ししなり」（三四頁）という結果が待ち受けている。

ゲーテも、ヒロインの悲劇の「現場」については語らない。『「ファウスト」初期稿』成立の時点で書きあがっていた「グレートヒェン悲劇」は、その後次第に成立する壮大な悲劇『ファウスト』の中の一つの挿話となる。グレートヒェンの最も辛く過酷な場面、子殺しや投獄の場面は、享楽的な「ワルプルギスの夜」の背後に追いやられ、舞台上に上せられることはない。「美しい、色の蒼い娘」を目にして「可哀いグレエトヘンに似ているようだがな」[31]と気にするファウストだが、メフィストフェレスにせかされて「ワルプルギスの夜の夢」に魅了されてしまう。

相沢の存在は、近代化を急ぐ日本が必要とした合理的な思考を即行動に移す役割の典型であり、豊太郎個人にとっては、かれが苦渋を込めて述懐しているように、善意による破壊者である。相沢は、豊太郎への友情厚く、内面的弱さを隠せない豊太郎の苦しみや葛藤をよそに、天方伯爵との日本帰国に一点の疑いも挟まずに行動する。最後の一行「ああ、相沢謙吉が如き良友は世にまた得がたかるべし。されど我脳裡に一点の彼を憎むこころは今日までも残れりけり」（三五頁）に到るのである。この一文が、自らが相沢とともにたどるはずの性急な近代化への批判をも内包していることは明らかである。それはまた、帰国後自らの歩むべき道を自ら批判する太田のもう一つの声であろう。

主要参考文献

森鷗外『舞姫・うたかたの記　他三篇』岩波書店、第一刷一九八一年、第五十二刷二〇一一年
森鷗外『舞姫　ヰタ・セクスアリス』森鷗外全集1、筑摩書房、第一刷一九九五年、第六刷二〇一二年

作家と作品概略

森鷗外（一八六二―一九二二年）

鷗外、本名森林太郎は一八六二年（文久二年）代々津和野藩の典医を務める森家の長男として生まれる。十歳の時、父とともに上京し、ドイツ語を学び第一大学医学校予科に最年少で入学した。大学卒業後は陸軍軍医となり、一八八四年（明治十七年）から軍の衛生学の調査及び研究のためドイツに留学した。帰国後は軍医としての仕事の傍、小説『舞姫』『雁』『山椒太夫』『高瀬舟』、史伝『渋江抽斎』などを執筆。医学、文学の評論や、小説、戯曲等の翻訳、ヨーロッパ文学の紹介などを行い、明治を代表する知識人として活躍した。一九〇七年（明治四十年）には陸軍軍医総監・陸軍省医務局長に就任し、一九一六年（大正五年）まで務めた。陸軍を退職した翌年からは帝室博物館総長兼図書頭の職に就き、上野の帝室博物館や奈良の正倉院にも赴く。亡くなる直前まで仕事を続けた。

『舞姫』（一八九〇年）

小説『舞姫』は、主人公の手記の形を取る高雅な文体で知られる森鷗外初期の代表作。本作（明治二十三年）と、『うたかたの記』『文づかひ』を合わせて「ドイツ三部作」と呼ぶこともある。ドイツ帝国に留学した官吏太田豊太郎は、帰国途上の船内の客室で回想を綴る。サイゴンに寄港して停泊中の船の中である。ドイツのベルリンに滞在中の太田は下宿に帰る途中、クロステル通りの教会の前で涙にくれる美少女エリスと出会い、心を奪われる。父の葬儀代を工面してやり、それ以降交際を続けるが、留学生仲間の讒言により豊太郎は免職される。旧友相沢の斡旋により新聞社のドイツ駐在通信員の職を得て生活費を工面し、豊太郎はエリスと同居し始める。エリスはやがて豊太郎の子を身ごもる。ドイツを訪れた相沢謙吉の紹介で大臣天方のロシア訪問に随行し、信頼をえる。相沢の忠告もあり、豊太郎は天方伯爵、相沢らとともに日本に帰国することを約束する。しかし、豊太郎はエリスに真実を告げることができず、人事不省に陥る。その間に相沢から事態を告げられたエリスは衝撃のあまり発狂してしまう。治癒の見込みがないと告げられたエリスを残し、豊太郎は帰国の途に着く。

注

〔1〕鷗外以前の『ファウスト』日本語訳は、どちらも第一部のみだが明治三十七年の高橋五郎訳、明治四十五年の町井正路訳、新渡戸稲造による『ファウスト物語』（明治四十三年）がある。

〔2〕森林太郎（著）『鷗外全集　第三十五巻』岩波書店、第一刷一九七五年、第二刷一九八九年、一〇二頁（『獨逸日記』明治十八年八月十三日）

〔3〕鷗外自身が帰朝後間も無く書いた評論「劇場裏の詩人」（明治二十三年）には、『ファウスト』第一部と所縁のアウエルバッハの酒場に遊んだ日を回想するくだりがある。いずれ「漢詩体を以て」訳してみてはどうか、という井上の言葉に対し「戯に之を諾す」に至った次第、と『獨逸日記』に記述されている。森林太郎（著）『鷗外全集　第三十五巻』岩波書店、第一刷一九七五年、第二刷一九八九年、一二三頁（『獨逸日記』明治十九年十二月二十七日）

〔4〕森林太郎（著）『鷗外全集　第三十五巻』岩波書店、第一刷一九七五年、第二刷一九八九年、一二八頁（『獨逸日記』明治十九年二月五日）

〔5〕小堀桂一郎（著）『森鷗外——文業改題・翻訳篇』岩波書店、小堀桂一郎（著）『西学東漸の門——森鷗外研究』朝日出版社、一九七六年所収の「『ファウスト』への道」を参照。

〔6〕森林太郎（著）『鷗外全集　第三十五巻』岩波書店、第一刷一九七五年、第二刷一九八九年、一二八頁（『獨逸日記』明治十九年二月十二日）

〔7〕『改訂水沫集序』明治三十九年

〔8〕鷗外所蔵のドイツ文学史関連の書籍については以下を参照。小堀桂一郎（著）『若き日の森鷗外』東京大学出

版会、一九六九年の「第一部」。

〔9〕ファウスト・イデオロギーに関しては以下を参照。木村直司（著）『ドイツ・ヒューマニズムの原点――欧州連合の精神史的背景』南窓社、二〇〇五年、三四一―三六四頁。

〔10〕『訳本ファウストについて』〔『ファウスト　森鷗外全集十一』筑摩書房、第一刷一九九六年、第六刷二〇一〇年、八五三頁〕

〔11〕アルベルト・ビルショフスキ（Albert Bielschowsky, 1847-1902）（著）『ゲーテ――その生涯と作品（Goethe. Sein Leben und seine Werke）』高橋義孝・佐藤正樹（訳）岩波書店、一九九六年を参照。ハイデルベルク大学教授クーノー・フィッシャー（Kuno Fischer）の『ファウスト』注釈は一九〇一年に四巻で出版されたが、それは一八七八年に初版が出版され、ほぼ倍の規模になった第二版『ゲーテ「ファウスト」』（一八八七年）をもとにした著作である。Kuno Fischer: Göthe's Faust. Ueber die Entstehung und Composition des Gedichts. Stuttgart 1878; Kuno Fischer: Goethes Faust nach seiner Entstehung, Idee und Composition. 2. Neu bearbeitete und vermehrte Auflage. Stuttgart 1887. Vgl dazu auch Rüdiger Scholz: Die Geschichte der ‚Faust'-Forschung. Weltanschauung, Wissenschaft und Goethes Drama. Erster Band. Würzburg 2011, S. 226.

〔12〕鷗外の校訂における用語、助動詞、送り仮名等の変更については以下を参照。檀原みすず「森鷗外『舞姫』異本考――縮刷本『美奈和集』の位置づけのために」〔大阪樟蔭女子大学国語国文学会「樟蔭国文学」第十八号（一九八〇年）七二―九〇頁所収〕、檀原みすず「『舞姫』諸本考再論」〔大阪樟蔭女子大学国語国文学会「樟蔭国文学」第二十一号（一九八三年）五〇―六四頁所収〕、檀原みすず「森鷗外『舞姫』の『塵泥』における改稿問題」〔大阪樟蔭女子大学国語国文学会「樟蔭国文学」第二十四号（一九八七年）六三―七四頁所収〕、檀原みすず「森鷗外『舞姫』のテクスト生成研究（資料篇）」〔大阪樟蔭女子大学国語国文学会「樟蔭国文学」第四十二号

（二〇〇五年）六九－一一五頁所収〕

〔13〕『舞姫』の本文は「ハックレンデル」「ショオペンパウエル」「シルレル」「ビョルネ」「ハイネ」とドイツの作家、思想家の名前を挙げてはいるものの、ゲーテには一切触れていない。ハックレンデル（Friedrich Wilhelm Hackländer）の長編小説『ヨーロッパの奴隷生活（Europäisches Sklavenleben）』（一八五四年）は、『舞姫』の背景として言及されることもあり、両者の関係も一定の研究がなされている。ジェイフン・バルタジュ「ハックレンダー『ヨーロッパの奴隷生活』と鷗外『舞姫』におけるバレエダンサー像」〔九州大学大学院比較社会文化学府比較文化研究会「Comparatio」第十二巻（二〇〇八年）一－九頁所収〕参照。

〔14〕野溝七生子「森鷗外とゲエテ再び――主として『舞姫』『うたかたの記』と『ファウスト』について」〔東洋大学「近代文学研究」第十三巻（一九六六年）所収〕、〔『比較文学研究　森鷗外』朝日出版社、一九七八年再録〕の二四二頁以下を参照。小堀桂一郎（著）『若き日の森鷗外』東京大学出版会、一九六九年、四九七頁、小堀桂一郎（著）『森鷗外――文業解題・創作篇』岩波書店、一九八二年、七頁以下を参照。

〔15〕田中岩男「鷗外と『ファウスト』（その二）――時間論的にみた『舞姫』／『グレートヒェン悲劇』」〔弘前大学人文学部「人文社会論叢・人文科学篇」第四号（二〇〇〇年）一－二〇頁所収〕参照。

〔16〕「鷗外漁史が『うたかたの記』『舞姫』『文つかひ』の由来及び逸話」〔「新著月刊」八（明治三〇年十一月）〕

〔17〕鷗外における翻訳と創作の関連性については以下を参照。濱田真由美「森鷗外『舞姫』試論――初期翻訳とのつながり（明治二〇年代を中心に）――」〔「同志社国文学」六三号（二〇〇五年）七〇－八三頁所収〕

〔18〕森鷗外『舞姫・うたかたの記　他三篇』岩波書店、第一刷一九八一年、第五十二刷二〇一一年、三五頁。以下、本書からの引用に際しては頁数のみを本文中に記す。

〔19〕杉本完治（編著）『森鷗外「舞姫」本文と索引』新典社、初版平成二七年、六三頁参照。

〔20〕森鷗外集　『獨逸三部作』嘉部嘉隆・檀原みすず（編）和泉書院、初版第一刷昭和六〇年、再改訂版第一刷平成九年、再改訂版第三刷平成二九年、一八頁、荻原桂子「森鷗外『舞姫』序論」（「九州女子大学紀要」第三十九巻第一号（二〇〇二年）八五–九二頁所収）八六頁以下を参照。

〔21〕横田 忍（著）『赤ん坊殺しのドイツ文学』三修社、第一刷二〇〇一年、佐藤正樹（著）『うちに子どもが生まれたら』鳥影社、第一刷一九九五年、大澤武男（著）『「ファウスト」と嬰児殺し』新潮社、一九九九年を参照。

〔22〕ビュルガー（Gottfried August Bürger, 1747-1794）のバラード「タウベンハインの牧師の娘（Des Pfarrers Tochter von Taubenhain, 1781）」が一つの典型としてあげられる。ヴァーグナー（Heinrich Leopold Wagner, 1747-1779）の戯曲『嬰児殺しの女（Kindermörderin, 1776）』は、誘惑の魔手に落ちた一少女の悲劇であるが、ここには男に捨てられ精神的に追い詰められた母親がぐずる我が子のこめかみに留針を刺して殺すという直接的な場面がある。レンツの短編小説『ツェルビーン、あるいは現代の哲学（Zerbin oder die neuere PHilosphie）』も、子殺しの問題を取り上げている。鷗外が留学中にほぼ全作品を読破したシラーは一七八一年にバラード『嬰児殺しの女（Die Kindermörderin）』を執筆し、翌年一七八二年に発表している。

〔23〕『新著月刊』明治三十年

〔24〕『森鷗外集　獨逸三部作』嘉部嘉隆・檀原みすず（編）和泉書院、初版第一刷昭和六〇年、再改訂版第一刷平成九年、再改訂版第三刷平成二九年、四頁参照。

〔25〕いわゆる「天才派詩人」の間にグループ意識が萌芽したことに直截関与したのは、一七七三年六月に出版されたゲーテの戯曲『鉄の手のゲッツ・フォン・ベルリヒンゲン』である。Vgl. Hermann Blumenthal (Hg.): Zeitgenössische Rezensionen und Urteile über Goethes ‚Götz' und ‚Werther'. Berlin 1935.

〔26〕Über Götz von Berlichingen. In: Jakob Michael Reinhold Lenz: Werke und Briefe in drei Bänden. Herausgegeben von

Sigrid Damm. Zweiter Band. Erste Auflage. Frankfurt am Main, Leipzig 1992, S. 637-641, hier S. 637.

〔27〕木村直司（著）『ドイツ・ニューマニズムの原点』南窓社、第一刷二〇〇五年、九二－一四四頁参照。

〔28〕『ゲーテ全集　九』山崎章甫・河原忠彦（訳）潮出版社、一九七九年、二五二頁。

〔29〕『詩と真実』の刊行は一八一一年から一八一四年に及び、最終第四部はゲーテの死後一八三三年秋に遺稿として刊行された。

〔30〕留学中の鷗外の読書については以下を参照。寺内ちよ「ドイツ時代の鷗外の読書調査」〔東京大学比較文学会「比較文学研究」六（昭和三十二年六月）所収〕

〔31〕『ファウスト　森鷗外全集11』筑摩書房、第一刷一九九六年、第六刷二〇一〇年、三〇五頁。

第Ⅳ部

古典的ＳＦ小説の危難と現実感

内田 均

第Ⅳ部では、サイエンス・フィクションにおける古典とも言える英文学の二作品を取り上げる。サイエンス・フィクション（science fiction, SF）とは、科学的な考察や知見などを元に作られるフィクションの総称である。ＳＦは、歴史上起こらなかったことや未だ現実となっていないことを題材として、科学事象や未来社会の出来事の経過や結末を考察し、それが人間にもたらす影響や衝撃を描く。ＳＦと関連する概念として、ディストピア（dystopia）、およびアポカリプス・フィクション（apocalyptic fiction）／ポストアポカリプス・フィクション（post-apocalyptic fiction）がある。第９章ではＨ・Ｇ・ウェルズ（一八六六－一九四六年）のアポカリプス・フィクション『宇宙戦争（*The War of the Worlds*）』（一八九八年）を取り上げ、危難の状況における情報伝播のあり方に着目し、危機情報に接した人々の振る舞いを中心に論ずる。第10章ではオルダス・ハクスリー（一八九四－一九六三年）の『すばらしい新世界（*Brave New World*）』（一九三二年）を題材に、ディストピアおよびポストアポカリプスとしての世界国家とその中で社会的不適応の状況に追いやられた個人について、現代の日本社会とも照らし合わせながら考察する。

第9章

H・G・ウェルズ『宇宙戦争』における危難と寛容

――危機情報の伝播とパニックの現実感

序

SFの典型的な主題やギミック（仕掛け）としては、時間旅行、宇宙旅行、地球外生命体との遭遇、技術の進歩や地球外環境の汚染等が人間にもたらす危機などが挙げられる。H・G・ウェルズの『宇宙戦争（*The War of the Worlds*）』（一八九八年）は、火星人、すなわち地球外生命体の襲来というSFの典型的主題を扱いながらも、十九世紀末ロンドンとその郊外の風景や人々の生活感を伝える写実的な筆致を多分に含んでいる。一般にSFは、未来や現実離れした架空の事象を描きながらも、実は現実社会への批評や警鐘となっていることが少なくない。本作もまた、同時代の有力なメディアである新聞に対する言及が多く見られ、その受容について考える手掛かりに満ちている。

『宇宙戦争』はまた、アポカリプス・フィクション、すなわち戦争や自然災害、大規模な人災などによる人類や文明の終末を描くフィクションの範疇にも入る。タコ型の多脚と大きな頭部をもった火星人表象の原型を、言語描写だけでなく挿絵によっても普及させたという点で、フィクションによる視覚描写のもつ社会的影響力も多層的に見て取れる。この物語にはウェルズの初期SFに共通する終末論的な悲観主義が漂う。そこに見いだせる諷刺的・社会批評的な要素はもちろん重要である。その中には当時の世界情勢、すなわち英国など列強諸国の帝国主義を反映した現実的な面もある。〔1〕

「意識の流れ（the stream of consciousness）」技法でモダニズム作家として名を残したヴァージニア・ウルフ（一八八二―一九四一年）は、ある講演で、H・G・ウェルズやアーノルド・ベネット（一八六七―一九三一年）、ジョン・ゴールズワージー（一八六七―一九三三年）ら一九一〇年時点で既に成功していた小説家の本の価値を認めつつも、自分との立場の違いを次のように述べた。「さて、これらの人たちのところに行って小説の書き方や、本物の性格を作り上げるにはどうしたらよいか教えてくれと頼むことは、靴屋に行って時計の作り方を教えてくれと頼むのと全く同じ、と私には思われます」。そして、彼ら「エドワード朝の小説家たちは性格そのもの、本そのものにはまったく関心がなかったのです。彼らは何か外のものに関心がありました」と指摘した。[2] ウルフから見れば、彼らの作品では人間の性格が描けていないということなのだろう。たしかに大衆向け小説には登場人物の単純化や戯画化が目立つ傾向がある。とはいえ、人間個人の内面の探究がウルフのような繊細で高度な域にまで達していなくとも、人の振る舞いや他者との関係性については、類型的個人の組み合わせによる多様な表現が見て取れる。そして、ウルフも示唆したとおり、ウェルズは閉じた本の世界や人間の内面ではなく「何か外のもの」に強い関心をもっていた。それは人類の行く末や世界規模の戦争など、大局的な視点に立った社会のありようだった。とりわけ、本作品における危機的状況に直面した人々の振る舞いの描写は、実は決して扇情性やパニック描写ばかりに頼ったものではない。むしろ地味で素朴な人間行動の描写にこそ本作品の迫真性をみることができる。

本章では、イラストや写真が印刷され始めた当時の新聞や雑誌のもつ影響力が作品内描写に取り込まれている点や、その後ラジオや映画など様々な視聴覚媒体で新たな作品化がなされた点に着目し、そこにみられる人間関係および危難とその受容について考察する。

1　小説『宇宙戦争』における情報伝播と危難の受容

まず、H・G・ウェルズがこの小説を書いた当時の英国社会における情報伝播のあり方が、作品中に現実感をもって描かれている点を抽出してみよう。第一部第一章で、火星観測の内容について『ネイチャー（*Nature*）』八月二日号に載った記事で英国読者がはじめて知った、とある。その後、新聞各紙において大衆向けの記事が現れ、いたるところで火星に対する関心が示された点が事細かに説明されている。また、絵入り雑誌の『パンチ（*Punch*）』誌が政治風刺漫画にそれを巧みに利用したはずだと述べている。円筒が落下した現場を見てきたヘンダスンがそのニュースをロンドンに電報で伝えた頃には、「連日の新聞記事のおかげで、火星人の来訪という考えを受け入れる下地はできていたのである」（三二頁[3]）。「火星人の死体」をひと目見ようと、伝聞で知ったとおぼしき人々が現場の公有地へ繰り出して行った。語り手の「わたし」は、『デイリー・テレグラフ（*Daily Telegraph*）』紙を買いに出かけて「新聞売りの少年の口から」その話を聞いた。いずれの新聞や雑誌も当時発行されていた実在のものである。新聞については、「わたし」と周囲の状況を伝える次の記述にも織り込まれている。

マーカムが当時編集していた絵入り新聞用にその惑星の新しい写真を入手して、飛びあがるほど喜んだことを憶えている。後代のいまの人々には、十九世紀の新聞の百花繚乱《ひゃっかりょうらん》ぶりはとうてい理解できないだろう。わたしはといえば、自転車の乗り方をおぼえるのがもっぱらの関心事で、文明の進展につれて倫理観は進歩するのかどうかを論じる新聞の連載記事を書くのでてんてこ舞いだった。（二四－二五頁）[4]

これら一連の動きは、まさに一八九〇年代当時の現実のロンドン界隈での情報伝播のあり方そのものである。現実社会に基づいたこのような描写は虚構に真実味と迫真性を与えるためのリアリズムであり、ウェルズがエドワード朝期に書いたSFの多くで採用されている。

では次に、人々の危機的状況の認識や受容の描写に焦点を絞って見てゆこう。語り手の「わたし」や見物人たちが火星人に恐怖を感じ危機感を抱き始めるのは、第一部第四章「円筒が開く」からである。火星人の外見を説明したあと、自分のとっさに取った行動を次のように書いている。「わたしは身をひるがえすと、百ヤードほど離れた最寄りの木立に向かって脱兎のごとく駆けだした。しかし、斜めに走って何度もつまづくはめになった。そいつらから目を離せなかったからである」（四一頁）。恐怖と好奇心の入り混じった感情がその慌てた動きによって描写されている。続く第五章「熱線」では、思いがけない火星人の攻撃に語り手が呆然とし身動きすら取れない様子と、その後込み上げてきた理不尽な恐怖に意気をくじかれる心理描写が出てくる。第六章「チョパム・ロードの熱線」では、「群衆がひしめき合って、死にもの狂いの闘争が起こった」（五五頁）とある。その群衆の行動は、羊の群れのようなやみくもな「逃走」（"bolted as blindly as a flock of sheep"）であり、さらには「闘争」（"struggle"）でもある。[5] そしてそこで押しつぶされて命を落とした人間がいたことも明示されている。第七章「どうやって家に帰り着いたか」では、現場で恐怖を体験した「わたし」と、その公有地から二マイルも離れていない場所での住人との状況認識の隔たりが要点となる。火星人についての情報、おそらくは伝聞やうわさの類を「耳にたこができるくらい」聞かされて、「もうたくさんですわ」（五九頁）と言って女が笑った。「わたし」は、その他の男も含めて三名に対して実際に見てきたことを必死に話したが無駄だった。この場面では、出来事があまりに非現実的なため伝聞情報を受け入れようとしない点が示されているのである。

以上に見てきた危機情報の受容の諸態様は、火星人来訪と攻撃開始までの序盤で描かれている。分かりやすい心理と行動が淡々と述べられているに過ぎないようだが、自然災害や人為的事故などの現場における人間の行動と同様のものが的確に描写されている。登場人物の行動については、概ね次の三つのパターンに分類できる。

（一）比較的冷静に現状を認識し、危機を回避するための行動をとる
（二）パニック状態に陥り、危機に対して適切な回避行動ができない
（三）危機意識が十分に醸成されないまま、やがて危機的状況に巻き込まれる

（二）は語り手「わたし」の事後的な記述、すなわち枠構造としてのこの小説自体に表れた自己や周囲を客観視する態度である。たとえば、第七章では次のような自己分析をしている。

ひょっとすると、わたしは例外的な気質の人間なのかも知れない。自分の経験が、どこまで他人と共通するのかは分からない。ときおり、自分自身やまわりの世界から切り離されているという異様な感覚に悩まされる。外側から、想像を絶するほど遠く離れたどこかから、時間と空間と、そのすべての圧迫と悲劇から切り離されて、すべてを見守っているように思えるのだ。（五八頁）

また、中盤第十四章以降のロンドン周辺の状況を伝える「わたし」の弟の行動にも表れている。この弟は「医学生」であり、また「わたし」は、先の引用のとおり新聞連載を抱えた著述家である。いずれも一般的に知性ある職業や身分とみなされることから、作品内事実の伝達者として説得力をもたせる効果がある。つまり、火星人襲来という危機的状況のあらましは、事後的な整理があるとはいえ、これら二人の比較的冷静な視点から見た出来事で構成されている。しかしその「わたし」以上に危機的状況で冷静な対応をしたのが、第二部第七章のタイトルにもある「パトニー・ヒルの男」である。

火星人の侵略より前だったら、わたしの知性がこの男のそれに勝《まさ》っていることを疑う者はいなかっただろう——このわたしは、哲学的な主題を論じて生計を立てている名の通った著述家であり、この男は一介の兵士である。それでもわたしがろくに理解していなかった状況を、この男はすでにはっきりと見通していたのである。（二六七頁）

この男は、著述家の「わたし」とは異なる資質、すなわち兵士という職業経験に基づく冷静さを示していると言えるだろう。

（二）は先に述べた第一部第六章から第七章の場面に見て取れる。ここで、火星人が突然音も立てずに周囲に熱線を浴びせ、四〇人ほどを黒こげにした大屠殺の知らせが駆け抜け、阿鼻叫喚の中で、群衆の「逃走」と「闘争」がまき起こった。このときは、さすがに語り手「わたし」も「立ち木にぶつかったり、ヒースの藪に足をからまれたりして、あわてふためいていたことをのぞいて、自分自身の逃走についてはなにひとつおぼえていない[6]」とあり、混乱と疲労、無力と苦悩にさいなまれる様子が語られる。また、第十三章「副牧師と出会ったいきさつ」では、典型的なパニック状態に陥る人物として副牧師が登場する。正気を失った副牧師に対し、語り手は信仰の無力さを責める。「災難にあって崩れ去るなら、宗教がなんの役に立つんです？　地震や洪水、戦争や火山がこれまで人間にしてきたことを考えなさい！　神はウェイブリッジだけ免除してくれると思ったんですか？　神は保険代理人じゃないんですよ」（一二四－一二五頁）、と手厳しい。これらと以降の章では、副牧師が自制心、記憶、そして冷静な判断力を失ってゆく中で、お互いに助け合うような人間関係が脆くも崩れてゆく状況が描かれている。

(三)は、前述した第七章での公有地の近隣住民の態度のほか、軍隊が火星人の円筒を取り囲む時点でも表現されている。たとえば、第九章「戦闘開始」での、「わたし」が庭いじりをする隣家の主人と立ち話をし、「朝食をとりに悠然と屋内に」戻る「なにひとつふだんと変わらない朝」(六八頁)の様子がある。また、第十四章「ロンドンにて」では、「ロンドン全市がウォキングからのニュースで電撃に打たれた」と伝える記事に反して、「じつをいえば、その非常に大げさないいまわしを正当化する事実はなかった。[中略]個人的な安全を恃む習性は、ロンドンっ子の精神に深く根を下ろしており、新聞にぎょっとするような情報が載ることはしごく当然だったので、彼らは個人的に身震いしないで記事を読むことができた」(一二九頁)ともある。これらのような行動パターンは、災害社会学者マクラッキー(Benjamin F. McLuckie, 1932-1975)が一九七三年に初めて用いた「正常性バイアス(normalcy bias)」に基づく行動に該当する。「自然災害において、人々は目前に危難が迫ってくるまではその危険を認めない傾向があり」、マクラッキーはこれを正常性バイアスと名付けた[7]。本作品を注意深く読むと、この正常性バイアスに囚われて、危難を回避できない人たちが状況に応じて的確に描かれていることが見て取れる。

以上のように、危難に対する登場人物の認知や受容の態様を腑分けしてみると、実はよく指摘されているパニック描写だけが要諦ではないということが分かる。ウェルズは、自然災害や大規模事故などの現場における人々の極めて現実的で多様な振る舞いを「火星人襲来」という現実離れしたSFのギミックに注入したのである。

2　ラジオドラマ『宇宙戦争』に対する大衆の反応とその後の評価

H・G・ウェルズの小説を元にしたオーソン・ウェルズ（一九一五－一九八五年）とマーキュリー劇場によるラジオドラマ『宇宙戦争』（一九三八年十月三十日放送）には、番組冒頭で架空のドラマ作品であることを示す導入部分があった。しかし、通常のラジオ番組風の語りの間に徐々に緊迫してゆく臨時ニュースの語りを入れ込む演出で放送された結果、全米をパニックに至らしめたとして有名になった。翌日の新聞各紙は、このCBSラジオの番組が引き起こした「パニック」をセンセーショナルに伝えた。すなわち、「ラジオの聴取者パニックに　戦争ドラマを事実と勘違い」（『ニューヨーク・タイムズ（*The New York Times*）』）、「ラジオの嘘、国じゅうが戦慄」（『シカゴ・ヘラルド・エグザミナー（*The Chicago Herald and Examiner*）』）、「ラジオの『火星人襲来』に合衆国震撼」（『サンフランシスコ・クロニクル（*The San Francisco Chronicle*）』）など、各紙が大げさな見出しを付けて報道した。[8] さらにプリンストン・ラジオ研究施設の社会心理学者ハドリー・キャントリル（一九〇六－一九六九年）による調査研究書『火星からの侵略――パニックの心理学的研究（*The Invasion from Mars: A Study in the Psychology of Panic*）』（一九四〇年）が出版されたことで、ラジオドラマによる「パニック説」は決定的なものとなった。その後はパニック説がこのラジオドラマを論じる場合の前提となり、二〇〇〇年代に入っても関連記事や論文で確認できる。[9]

しかし、キャントリル自身の調査内容をよく読むだけでも、実は少なくとも「全米が大パニック」などという状況とはおよそ懸け離れていたことが分かる。そもそも当該番組の当日の聴取者は約一二%であり（別の放送局による裏番組の方が人気を集めていた）、キャントリルが聞き取り調査をした対象者も現場近くに在住していた一三五人に過ぎず、その多くは放送を聴いて混乱状態に陥った人々を中心とした偏ったサンプルであった。[10] その後の社会学者たちによる改めての調査研究によると、聴取者の八五%以上が単なるラジオドラマとして受け止めていたということである。[11] なぜ新聞各社がこのような「パニック」報道をおこなったかについては、三つの要因を指摘する社会学者がいる。[12] すなわち、(一) 報道や娯楽番組を伝えるニューメディアとして影響力を高めつつあったラジオに対する新聞側の敵対心、(二) ラジオ放送による各所の混乱直後にその事態を把握しようとした新聞社の締切時間が切迫していたことによる情報選択の偏り、(三) 大衆新聞の性向としてのセンセーショナリズム、である。

本作脚本も原作に従い、人類の存亡に関わる危機的状況を描いていた。そして現実社会では戦争勃発一歩手前の危険な事態、具体的に言えば、事件直前である九月に生じていたズデーテン危機[13]を、当時広く大衆に普及したラジオが伝達していたところだった。そのような背景がある中で、このラジオというマスメディアがフィクションの表現媒体として利用された。しかも枠構造による演出で、つまりはドラマをニュース報道の枠組みで伝える手法によって放送された。このことにより、このラジオドラマは図らずも二重の意味で、危難が人の行動や感情を揺り動かす実験の場となった。すなわち、この事件および直後の報道とその後の調査研究や評価との食い違いは、人が災害のような命に関わる危機的状況に接する際に、危機の「情報」に接した時と目前の危機それ自体に遭遇した場合とで明確に分けて考察することの難しさを示しているのである。

かくしてこのラジオドラマは、あたかもそれによって「全米にパニックが起きた」かのように神話化された。一方で、H・G・ウェルズの原作は、多数の人的被害をもたらす自然災害や大規模事故などの危難のシミュレーションとも言える形で当時の読者に驚きをもって迎えられた。ただしその内容は、第一節で考察したとおり「パニック」という一面的な見方とはいささか異なり、実は極めて多様で現実的な描写となっていた。

3　映画『宇宙戦争』における危難と人間関係

『宇宙戦争』はラジオだけでなく他の表現分野の作品としても再創造された。その多くは映画やコミックなどの視覚表現によるもので、原作に比較的忠実なものから、パロディ作品まで多岐にわたる。本節では、スティーブン・スピルバーグ（一九四六年―）監督による映画（二〇〇五年）を取り上げる。第1節と同様に人々の行動描写に着目し、命の危機にさらされた時の人間関係を考察してみよう。

この映画では、人命が脅かされ肉体が蹂躙される様が、SFX（特殊効果）を駆使して描かれている。主要登場人物を中心に確認しておこう。原作の「わたし」に相当するのが貨物船のクレーンオペレーターであるレイで、離婚した父親という位置づけである。レイの娘レイチェルと息子ロビーは元妻と暮らしていたが、彼が一時的に二人を預かったところで火星人の襲来に遭う。この危難にどのように立ち向かい二人の子供を守ってゆくのか、という内容が本筋となっている。つまり中心人物に絞ってみれば、離婚により親子関係に溝のできてしまったダメ親父と反抗期の子供たちが危難を共に乗り越えて、最後には互いを見直すという結構である。簡単にまとめれば、SFという設定上で展開される親子の絆の再生の物語、ということになるだろう。

家族以外の人間関係で最も緊迫感があるのは、避難した空き家の地下室で一緒に過ごすことになった救急車の運転士との関係であろう。この男は原作では自宅に避難してきた砲兵と、その後行動を共にした副牧師という二人の人物の要素を合わせもつ重要な役柄になっている。一二〇分弱という限られた表現時間の中での原作に対する最大限の尊重の表れでもあろう。つまり、前半では勇敢で戦闘能力のある砲兵の特徴が生かされ、後半の緊張状態が続く中では、弱く自制心を欠いた副牧師に即した描写となっている。この運転士が錯乱してゆく中で、レイは自分自身が生き延びて娘のレイチェルを守り抜くために、原作以上に過酷な選択、すなわち運転士の直接の殺害、を迫られることになった。

危機的状況での人々の行動に関しては、第1節で述べた三つの行動パターンが一応描かれている。全般的には(二)の「パニック状態に陥り、危機に対して適切な回避行動ができない」群衆や、泣き叫ぶレイチェルや言動の荒くなるレイなど冷静さを失った主要登場人物のパニックの場面が目立つ。一方で、序盤にビデオカメラでトライポッドを撮影する人物がクローズアップされる場面も重要である。撮影者自身が熱線で消し飛ばされカメラが地面に転がるショットは正常性バイアスによる危険行動を象徴的に示している。[14] しかし原作とは異なり、他者への寛容さや共助の視点はほぼ欠いている。レイは他人の車を盗んで逃げ延び、その後逆に群衆に車を奪われる。彼はそれでも右往左往する中で辛うじて勇気ある判断を繋ぎ危難を乗り越えて生き残る。観客／視聴者は、このようなレイの視点を通して生死を分ける危機的な状況に身を置くことになるだろう。だが、家族の外側へとその視点を開いて危難における人間関係の重要性を読み取ることは難しい。

結語　アポカリプス・フィクションと人間関係

最後にアポカリプス・フィクションの概念をあらためて解説し、『宇宙戦争』における人間関係の考察とこの概念との関連性を示すことで本章のまとめとしたい。

アポカリプス・フィクションは、文明が壊滅しつつある世界を描くことで現代社会を問い直す。生命の危機にさらされた人間が、生存のための闘争や協力をおこないながらその危機的状況を乗り越えてゆく。この種のフィクションでは、異人（共同体外からの他者）との遭遇、彼らへの敵対的態度や寛容な態度、自助や共助の行動がしばしば見いだせる。『宇宙戦争』においては、普段の生活圏にいる住民とは異なる他者が登場する。婦人二人から馬車を奪おうとする暴漢に対して、「わたし」の弟が自らの命を賭して彼女たちを助けその馬車で一緒に脱出する共助の行動が見られる。しかしその一方で、「わたし」が体験した極限状況での副牧師との反目や別離という厳しい場面も目立つ。

現在、この作品を読み直せる時代背景としては、特に日本においては地震や極端な気候変動がもたらす自然災害が挙げられる。その他、テロや地域紛争、宗教や人種などによる社会の分断化と格差の拡大、家族や身近な人間関係におけるディスコミュニケーション、ソーシャルメディアの普及に伴う社会不安を煽る情報拡散なども関連させて読み解くことができる。

主要参考文献

H・G・ウェルズ（著）『宇宙戦争』中村融（訳）、創元SF文庫、初版二〇〇五年、第六版二〇一七年

ノーマン&ジーン・マッケンジー（著）『時の旅人　H・G・ウェルズの生涯』村松仙太郎（訳）、早川書房、一九七三年

ハドリー・キャントリル（著）『火星からの侵略――パニックの心理学的研究』高橋祥友（訳）、金剛出版、二〇一七年

スティーブン・スピルバーグ（監督）『宇宙戦争』［DVD］パラマウント・ホーム・エンタテインメント・ジャパン、二〇〇五年

作者紹介と作品概略

ハーバート・ジョージ・ウェルズ（一八六六―一九四六年）

一八六六年英国ケント州ブロムリーで生まれた。父は園丁やクリケット選手として働いたこともある商店主、母は小間使いで下層中流階級であった。十四歳で母が家政婦をしていた屋敷に寄宿し働く。その後、服地商、薬局でも徒弟奉公をする。一八八四年に奨学金を得て、サウスケンジントンの科学師範学校で物理学、天文学、地質学などを三年間学び自然科学の知識の基盤をつくった。ここでは「ダーウィンのブルドッグ」の異名でも知られるトマス・ヘンリー・ハクスリーに生物学を学ぶ機会を得て、進化論には生涯にわたる影響を受けた。卒業して理科の助教師となるも、この頃に肺を患い職を辞した。一八九一年にロンドン大学の学位試験に合格し、その後ジャーナリズムの世界で文筆活動を始めた。一八九五年に『タイムマシン（*The Time Machine*）』を発表すると新進作家として広く認められ、『透明人間（*The Invisible Man*）』（一八九七年）、『月世界最初の男（*The First Men in the Moon*）』（一九〇一年）など、空想科学小説の代表作を次々と発表した。一九〇〇年にはケント州に邸宅を購入し、多くの文士たちが出入りするようになった。一九〇〇年代に入ると一般小説も書く一方で、社会主義に傾倒していった。一九一〇年代には、人類への憂慮を訴える評論などを執筆し続け、第一次世界大戦前には原子爆弾を予見したＳＦ『解放された世界（*The World Set Free*）』（一九一四年）を出版した。第一次世界大戦前後からは、思想書、ノンフィクションなどを多数発表した。また、母性保護基金、糖尿病患者協会、新百科全書、人権宣言などに関わる執筆や社会運動を行った。生涯を通して糖尿病、腎臓病、神経炎など様々な疾患と闘った。一九四六年ロンドンの自宅で肝臓ガンにより死去した。

『宇宙戦争（*The War of the Worlds*）**』（一八九八年）**

ある夜、英国で人々は流星群を目撃する。しかしそれは単なる流星ではなかった。語り手「わたし」の知人である天文学者オグルヴィーが、最初にロンドン郊外の公有地に落ちた人工の円筒を発見した。そこには何かがいた。朝八時には「火星人の死体」をひと目見ようと、円筒の埋まった巨大な穴のまわりに人垣ができた。果たして円筒から出てきたのは、異様で怪物じみた生き物だった。尖った上唇のついたV字型の口、眉の隆起がない大きな黒い目、楔形の下唇の下には顎が無く、蛇のように群がり合った触手があった。「わたし」はそれをちらりと見ただけで嫌悪と恐怖が込み上げた。日が落ちると、白旗をもった見物人の代表団が再び円筒の落ちた穴に近づいた。しかし、程なく閃光が彼らを一瞬にして焼き尽くした。巨大な蜘蛛にも似た戦闘機械が、人々や木々、家々を強烈な熱線で焼き払いながら、ロンドンへと迫っていった。当初果敢に立ち向かっていた兵士達も熱線と黒い蒸気噴流で威圧され、大半は黒こげにされた。残された部隊も士気を失った。瓦解しかけた行政組織は最後の力を振り絞りロンドン市民に避難勧告を出した。十五日ほどを生き延びた「わたし」が、死者の都となったロンドンにたどり着いてさまよっていると、火星人達の陰気な咆哮がとどろいていた。「わたし」は死を覚悟しながら丘に駆け上がり怪物達の拠点を確認した。そこには五〇体近くの火星人が地球の腐敗性の病原菌に冒され、なす術もなく死んでいた。

注

〔1〕帝国主義との関係については、ウィリアム・テン（著）「ふたりのウエルズ――火星人最初の襲来」浅倉久志（訳）（『SFマガジン』二〇〇五年八月号、所収）を参照。なお、本章では「ウェルズ」と表記しているが、この文献のように「ウエルズ」の場合もあるため、出典表記に関しては各文献の表記に従っている。また、本作品における三つのジャンル（「火星人ロマンス」「未来戦争」「災害小説」）の巧みな融合に関して、本章引用文献の訳者中村融が、「ふたつの世界の戦い――『宇宙戦争』をめぐって」において密度の濃い解説をしている。

〔2〕ヴァージニア・ウルフ（著）「ベネット氏とブラウン夫人」（『ヴァージニア・ウルフ著作集7 評論』朱牟田房子（訳）、みすず書房、第一刷一九七六年、第三刷一九八九年、一八一―一九頁）。

〔3〕以下、作品本文からの引用は主要参考文献にある中村融（訳）、創元SF文庫版により、文中に頁数のみ括弧で示す。なお、翻訳では新聞紙名や雑誌名を〈〉で括っているが、こちらでは一般的なアカデミック表記に従い『』に入れて示す。

〔4〕ウェルズ自身も『宇宙戦争』の執筆当時に住んでいた作品舞台でもあるウォキングの地理を調べるために、当時大流行していた自転車でサイクリングをしてまわった。主要参考文献のノーマン＆ジーン・マッケンジー（著）『時の旅人』一八七―一八八頁を参照。また、一八九〇年代には新刊の新聞、雑誌の流行と共に、短編小

説が発展を見せたという。「一九〇一年にロンドンだけで十九の朝刊紙、十の夕刊紙、それ以外に数百の週刊、月刊の雑誌があった」。橋本槇矩「自転車からタイム・マシンまで」（H・G・ウエルズ（著）『タイム・マシン』橋本槇矩（訳）、旺文社文庫、初版一九七八年、重版一九八二年、所収の解説）を参照。

〔5〕原文は以下の版による。H. G. Wells; edited by Leon Stover, The War of the Worlds: A Critical Text of the 1898 London First Edition, with an Introduction, Illustrations and Appendices (Annotated H. G. Wells), McFarland. 2001. 2012. 83.

〔6〕ここのみ、原文により忠実な以下の訳を使用した。『宇宙戦争』井上勇（訳）、創元ＳＦ文庫、初版一九六九年、二二版一九九九年、四二頁。なお原文は、“I remember nothing of my flight except the stress of blundering against trees and stumbling through the heather.”である。

〔7〕広瀬弘忠、杉森伸吉（著）「正常性バイアスの実験的検討」（『東京女子大学 心理学紀要』、二〇〇五年創刊号）八一―八六頁を参照。

〔8〕W.Joseph Campbell. “The Halloween Myth of the War of the Worlds Panic.” BBC News, 30 Oct. 2011. Web. <2018.08.31> による。他にパニック説を否定する最近の記事として、“Jefferson Pooley and Michael J. Socolow. “The Myth of the War of the Worlds Panic.” Slate. 28 Oct. 2013. Web. <2018.08.31>、Martin Chilton. “The War of the Worlds Panic was a Myth,” The Telegraph, 6 May 2016. Web. <2018.08.31>がある。

〔9〕たとえば、前掲のウィリアム・テン（著）「ふたりのウエルズ――火星人最初の襲来」も、パニック説前提の議論を展開している。

〔10〕主要参考文献にあるハドリー・キャントリル（著）『火星からの侵略』を参照。聴取者数や割合については七七頁、聞き取り調査の人数は一〇五頁にある。

〔11〕釘原直樹（著）「緊急事態におけるパニック発生説の真偽」『対人社会心理学研究』二〇一五年。Web．〈確認日二〇一八年八月三一日〉参照。

〔12〕「『火星からの侵入――パニックの社会心理学』再考」『メディア・リサーチ』二〇一四年一一月八日。Web．〈確認日二〇一八年八月三十一日〉参照。

〔13〕ズデーテン地方をめぐる当時のチェコスロバキアとドイツとの紛争を指す。ドイツ軍の武力行使一歩手前で、ミュンヘン協定と英独海軍協定（英独共同宣言）により戦争危機は回避された。

〔14〕比較的記憶に新しい二〇一四年御嶽山噴火の際にも、まさに同様の行動をとった人々がいた。すなわち、携帯電話やデジタルカメラで噴火の様子を撮影中に噴石に巻き込まれた人たちがいたことが、残された死体やカメラから明らかとなっている。Mika Yamamoto「正常性バイアスを知っていますか?「自分は大丈夫」と思い込む、脳の危険なメカニズム」tenki.jp. 日本気象協会、二〇一五年。Web．〈確認日二〇一八年八月三十一日〉参照。

第10章
オルダス・ハクスリー『すばらしい新世界』における危難と寛容
――ディストピアと孤独の現実感

序

ユートピア（utopia, 理想郷）とは、イギリスの思想家トマス・モア（一四七八―一五三五年）が、主著『ユートピア（*Libellus vere aureus, nec minus salutaris quam festivus, de optimo rei publicae statu deque nova insula Utopia*）』（一五一六年）において、ギリシャ語のou（no）とtopos（place）とを組み合わせて作った造語であり、「どこにもない場所」を意味する。SFと同様に、ユートピアを扱ったフィクションも、それを現実の社会と対峙させることで現実批判を行うという側面がある。これに対し、哲学者ジョン・スチュアート・ミルは、一八六八年の講演で「反ユートピア」（anti-utopia,、暗黒郷、ディストピア（dystopia））の概念を示した。H・G・ウェルズの『タイム・マシン（*The Time Machine*）』（一八九五年）や『モダン・ユートピア（*A Modern Utopia*）』（一九〇五年）は、ディストピア小説の嚆矢とも言える。そして、エヴゲーニイ・ザミャーチン（一八八四―一九三七年）の『われら（*Мы*）』（一九二四年）、オルダス・ハクスリー[1]（一八九四―一九六三年）の『すばらしい新世界（*Brave New World*）』（一九三二年）、ジョージ・オーウェル（一九〇三―一九五〇年）の『一九八四年（*Nineteen Eighty-Four*）』（一九四九年）の三作品は、いずれも現在まで長く読み継がれている代表的なディストピア小説である。

ハクスリーの『すばらしい新世界』は、SFであると同時に社会諷刺小説でもある。「H・G・ウェルズの足を引っ張るのが少し面白かった」とハクスリーは述べており[2]、晩年のウェルズの科学に対する楽観的な見方への不信感が作品世界内に見て取れる。ここには戦間期における危機的な世界情勢のきな臭さを焙り出す効果もあっただろう。その諷刺は、人類が科学技術を適切に扱えないとき社会にもたらされる危険性について現代でも警鐘を鳴らす。この章では『すばらしい新世界』に描かれた人間関係を現代社会の文脈に置きながら考察する[3]。

1　共同体における個人と孤独感

本節では、『すばらしい新世界』で描かれた日常的（そして後半の非日常的）な人間関係のあり方を、私たちの暮らす現代社会と対比させつつ考えてみよう。この架空世界では、様々な社会規範が私たちの現実社会から懸け離れたものにされ、あるいは陰画の如く反転させられている。社会の安定のために差別的階級制度が徹底されている。各階級毎の人間の数や割合が計画的・人工的に管理され、人工授精により壜から創り出される。「誰もがみんなのもの」という標語に従い、男女問わず平準化された個人が生活単位である。「家族、一夫一婦制、恋愛、母親」などの概念は排他的であるがゆえに、幼児期の「睡眠教育（ヒプノペディア）」により反社会的・不道徳的なものとして徹底的に禁忌化される。いずれの階級でも、人々はソーマという錠剤で日々のストレスを解消し、新しい物に価値を置く大量消費社会を支えている。

個人として名前を挙げられる人物たちは、ジョンを除けばアルファおよびベータの上層階級に属し、各自の特徴や個性が表れている。そこには管理の行き届いた現代社会の人間関係とも似た様相を見出すことができる。

主要登場人物のうち、バーナード・マルクス、ヘルムホルツ・ワトスン、ジョン（野蛮人／サヴェッジ）、の三名は、いずれも世界国家が実現した社会において疎外され、自らその社会への不適応を自覚せざるを得ないような人物として描かれている。三人はそれぞれに異なる事情から孤独感を抱き、出会ったのちに共感し仲間となるが、その内面においてはそれぞれに異なる性格付けを伴っており、その関係もいつしか拗《こじ》れ、破綻し、しかし最後には再び相互理解を経て各人が別の地へと旅立ってゆく。

三人の職業や出自は以下の通りである。バーナード・マルクスは、「中央ロンドン孵化・条件づけセンター」心理課に所属する「睡眠教育の専門家」、「心理学者」である（四八、六七、一二三頁）[4]。ヘルムホルツ・ワトスンは、「感情工科大学創作学部の講師」で、「感情技術者として実地の仕事も」行うかたわら、新聞への寄稿者、「触感映画の脚本家」でもあり、「公式スローガンや睡眠教育で唱えられる韻文の作成」もするという、極めて多才な人物である（一〇〇頁）。そしてジョンは「野蛮人（サヴェッジ）」と呼ばれ、高圧電線の柵で囲った「居留地」である未開社会から連れてこられた青年である（一四六、一六八頁）。彼らの性格や資質、容姿などと、それらに伴う人間関係をもう少し詳しく見てゆく。

バーナードは最高位のアルファ・プラス階級に属しているにもかかわらず、生まれる前の人工孵化段階におけるトラブルにより、同階級の平均に比べ著しく低身長・痩躯として生育してきた。そのため彼には自分の外見に対する劣等感と周囲の人間への対抗意識や優越性への拘りがある。その人間臭い欠点は、様々な場面で戯画的に表現されている。社交や娯楽への忌避、優れた他者への嫉妬、自己憐憫、自己保身のための虚飾など、彼の性格や言動は、社会制度の全く異なる現代の読者にも理解されやすい。今どきの言葉で言い表すなら、組織の中で「リア充」の連中に常に囲まれた「コミュ障」の青年という立ち位置になる。

これに対し、ヘルムホルツは超人的な知能をもつエリートで、一般人と懸け離れた理想的な性格と体躯をもった人物である。周囲の人々が自分より劣ることによって彼らを見下すわけではないが、彼らと気持ちを共有できないがゆえの孤独感を抱えている。その中で、唯一と言ってもよい心を許せる友人となったバーナードが浅はかな嫉妬や裏切り行為を自分に向けてきたあとでも、頼ってくる彼を我慢強く寛容の態度で受け入れる。しかし、そのような人格者としても完璧なヘルムホルツも、詩の朗読を交えての対話の中で、はからずもジョンに無礼きわまりない振る舞いをする。ジョンによるシェイクスピア（一五六四―一六一六年）の『ロミオとジュリエット（*Romeo and Juliet*）』（一五九四年）の朗読を聞いて、「卑猥でナンセンスな状況は滑稽にもほどがある」（二六四頁）とし、「お父様、お母様」という「言葉だけで笑っちゃう」と言う（二六五頁）。ここでは、ヘルムホルツは場面設定上での父母の必要性を認めながらも、その言葉に大笑いという条件反射をすることにより、刷り込まれた規範に縛られた個人の限界を読者に露呈する。

他の二人に比べ、より特殊な位置づけのジョンは、生まれながらにして二つの世界に引き裂かれた存在である。彼は、かつて孵化・条件づけセンター所長と旅行で居留地に行き、山岳地帯で悪天候に遭って行方不明となっていたリンダという女性の現地での出産によって生を受けた。そのため居留地で育つ中で、異なる容姿により同年代の子供たちから除け者にされ、孤独な幼少期を過ごした。このような生育環境が少年期の内面にもたらす危機的状況は、私たちの現実世界における移民政策の課題や学校におけるいじめの問題などを想起させる。

三人は孤独感を抱いている点で共通しているが、このようにそれぞれ異なる理由によるものである。またその意味合いは、現代の日本社会で普通に生きる人が直面する孤独感と似ているようで幾分異なる。私たちの社会では、孤独でいることとは、たいてい他者に存在をあまり意識されていない状況を含意する。たとえば高齢化および核家族化に伴い単身者の「孤独死」が増加している。この社会現象における「孤独」とは、その単身者の存在が近隣住民にも見えないという意味での孤独である。これに対して、この作品の世界国家においては「孤独」とは逆に他者の目を引く行為となる。すなわち、一人で過ごすことや個人として考え振る舞うこと自体が異端視されるのである。孤独でいることは社会の安定を脅かす反社会的行為であるがゆえに、彼らは最終的に一層厳しい社会的制裁を受けることになる。この作品で表現されている個人であることの社会的弊害とは、ハクスリーの思考実験による一つの極端な論理的帰結である。共同体の安定を究極の水準にまで達成しようとすると、「誰もがみんなのもの」でなければならず、個人として自律的に思考し行動する人間の存在は危険で有害なものとなる。

『すばらしい新世界』の市民たちは、生まれたときから家庭という面倒な人間関係をもたず、幼少期から遊戯として身につけた娯楽としての性行為を短期間で相手を変えながら行い、アパートメントで身体の清潔を維持するための快適な道具に囲まれ個人として暮らしている。その様は、まさに若々しく快活で「リア充」的な生活様式のようでもある。したがって、そのような物質的にも精神的にも充足した環境になじめず孤独に苛まれるなどということは、いささか贅沢な悩みにも見える。しかし、バーナードは男女関係の選り好みからはじき出され社会規範に順応できず、ヘルムホルツは孤高のエリートとして孤立し、ジョンは実験用の異世界人として見世物扱いにされてしまう。そこには、階級制度社会での階級内平等における残滓としての不平等性が表れている。ここに展開されている孤独、あるいは「個人であること」への抑圧は、ユートピア思想と強く結びつく関係にある社会共産主義や目的共同体（intentional community）などにみられる集団主義が惹起するものと通底している。[5] あるいは昔ながらの村社会的な共同体意識や慣習が強く残る現代日本の農村地域でも同様のことはあるのかもしれない。これらの集団主義になじめない人々は、必然的に共同体から出て行くことになるであろう。そして三人の登場人物達も同様である。すなわち、国家や共同体が安定・安全を最優先した場合には、集団の不寛容さが強く現れるということをハクスリーは強調している。次節でそのような寛容／不寛容の描写を考えてみよう。

2　画一性と不寛容

さて、先ほどの三人は結果として共同体から放逐される。バーナードは涙ながらにアイスランド送りの回避を訴え、孤独感を抱きながらも中心地で自尊心を保って生きたいと願っている。ヘルムホルツは達観しており、あえて気候の厳しい土地への移住を求める。ジョンは当初「すばらしい新世界」と感激した世界国家に見切りをつけてヘルムホルツと同様に島流しを求めるものの統制官には認められず、やむなくロンドン郊外の航空灯台に逃れて隠棲しようとする。統制官の処分に対する三者のこのような行動からは、単純化された二項対立の多いこの作品世界において、人物の個性や複雑な心情を読み取ることができる。しかし、彼らは個性をもつがゆえに、この世界国家共同体には適応できない。逆に、ここで快適に暮らしている人々は、みな階級毎に一様で画一的な人格であることを意味している。

ここで世界国家における人間全般の特徴をあらためて整理しておこう。下層階級においては、「ボカノフスキー法」により、胎児段階で将来の労働に応じた処置を施され「壜出し」される。彼らは一卵性多胎児で相似形である。一方で上層階級では、一人が一つの受精卵から壜出しされる。ここでは徹底された生化学的管理の元に人間が社会基盤を構成する工業製品のように生み出され、各々自分の階級に満足するような条件づけ教育が施されている。多胎児として壜出しされるガンマ、デルタ、イプシロンという下層階級の人間たちには外見上、そして内面的にも個性はなく、単純労働を毎日機械のように繰り返す。一方でアルファやベータと呼ばれる上層階級の人間にも、条件づけ教育による規範に応じた画一的な振る舞いがある。ただし多胎児ではないため、外見上の個性は認められる。また、物語構成上の要請もあろうが、登場人物たちには性格面での特徴も付与されている。とりわけバーナードおよびジョンと関わる女性レーニナと、これまでも述べてきたヘルムホルツには、他の人物たちとは異なる他者への態度が見て取れる。彼らの特徴を分析することで現代社会における寛容さについて考えてみよう。

レーニナは、バーナードが好意を抱き、他の多くの男性も注目する身体的な魅力のある女性である。彼女は様々な状況で睡眠教育により刷り込まれた規範を口にする。それは読者に対してこの世界の規範を紹介する機能を果たしている。しかし様々な規範に従いながらも、そこから外れた方向へと揺れ動く心情も表れている。そこから私たちの現実社会における寛容さの必要性を気付かせてくれる要素を抽出することもできる。レーニナは同僚のファニーから、一人の男だけと「四ヶ月も」付き合っていることを非難され、所長に知られたら大目玉を食らうと忠告される。そこで、バーナードの誘いに乗ることをファニーに伝える。ファニーはバーナードの外見や行動に関わる悪い評判や噂を挙げるが、レーニナは自分がいっしょに過ごせば独りぼっちじゃなくなると言い、世間の人々はバーナードに意地悪だとして彼をかばう。ファニーからみれば「すっごくちっちゃい」バーナードの「小さい身体は下層階級のおぞましい特徴」（六九頁）なのだが、レーニナはそれを「かわいいじゃない」「ペットにしたくなっちゃう。ほら、猫みたいに」（六九頁）と規範的考えをずらして彼を受け入れようとする。しかしその後、実際にバーナードと付き合って会話をする中で、社会規範から著しく逸脱した物言いをする彼に対しては、条件づけ教育でたたき込まれた規範適合側の反論をする。

バーナードは意味不明で危険なことをあれこれ喋りだした。レーニナは一生懸命心の耳を閉ざそうとしたが、それでもときどき断片的に聴こえてきた。〔中略〕
「〝今日愉しめることを明日に延ばすな〟」レーニナは重々しく言った。
「それは一四歳から一六歳半まで週二回、二〇〇回ずつ聴かされる」とバーナードは応じた。常軌を逸した不謹慎な発言はさらに続いた。「僕は情熱とはどういうものか知りたい。強烈な感情を持ちたい」
「〝個人の想いは社会の重荷〟よ」（一三六―一三七頁）

私たちの規範を反転させたような世界に生きる二人のかみ合わない会話は滑稽ではある。性行為は子供の頃から条件づけられた遊戯のような愉しみであり、むしろ特定の男女が独占的に長期間交際することはタブー視される。ここではレーニナの言葉に社会の安定のために刷り込まれた強い規範が現れている。一方で、他の人が寄りつかないバーナードを選び、同僚のファニーに顛末を話した場面では、そのような規範の軛を解いた自律的な「個人の想い」も示される。

「だから言ったでしょ」というのが、レーニナからこの話を聴いたときのファニーの反応だった。「代替血液にアルコールが混じったのよ」

「だとしても」とレーニナは強く断言した。「わたし、あの人が好き。手がとってもいいの。それに肩を動かすときの感じがすごく素敵」ため息をついた。「ただ、あんなに変わり者でなかったらいいんだけれど」（一三八頁）

つまりレーニナは、外見的な異質性に対しては寛容で、内面的なそれに対しては条件づけに基づく定型的反応を示している。なお、ジョンに対してもその外見に強く惹かれているが、やはり異なる規範に基づき行動する彼の内面を理解できない。読者はレーニナの言動を社会構造の外側から俯瞰的に見ることで、異質な他者や少数派の人々に対する向き合い方を考えることになる。

レーニナの場合、おそらく条件づけ教育が十分に浸透していない部分に関して生ずる本能的な個人としての自律性や寛容さの表れとみることができる。これに対し、ヘルムホルツは、バーナード同様に最高階層の人間として条件づけ教育の仕組みを理解しており、規範そのものの限界や境界領域について関心をもっているようにも見える。さらには、「ヘルムホルツの度量の大きさはソーマ服用の効果ではなく、もっぱら当人の人格の賜物であるだけにいっそう賞賛に値する」（二五六頁）ものとされている。彼はバーナードの過去の非礼を咎めずに黙って受け入れ、ジョンともすぐに仲良くなった。ヘルムホルツは優れた知性と大らかな包容力によって、はみ出し者のバーナードや異人ジョンの思考を相対化し寛容に受け入れる。他方で、レーニナはいわば洗脳状態に抗いながら容姿の異質さに本能的に感応し、バーナードやジョンに好意をもつのである。

いわゆるリアリズム小説であれば、この程度の人間関係の形成はありふれた描写である。しかしこの作品では、現実社会の反転された陰画、あるいは架空の思想環境で構築された社会が前提となっている。読者は、いわばメタフィクションとして人工的フィルターを通して何人かの全く異なる立場や性格の人物を観察することになる。バーナードは、秩序を批判する行為により「自尊感情が強まり、自分をより大きな存在だと感じることができる」（二二四頁）と考え、ジョンの人気に便乗し一時的に重要人物とみなされて成功に酔いしれながらも多数派と対立し続ける。ジョンはと言えば、異なる価値観や人々の振る舞いに苛立ち、ついには病院従業員であるデルタの集団に向けて自由を与えようとする。しかし「救いたい相手である彼らを罵倒する」（三〇七頁）混乱状態に陥り、乱闘騒ぎを起こしてしまう。また、その騒乱に駆け付けいち早くジョンを助けようとするのは、彼の保護者役で虎の威にしてきたバーナードではなくヘルムホルツの方である。そのような緊迫した状況においてさえ、「〝フォード様はみずから助くる者を助く〟」ヘルムホルツはそう言うと嬉しそうに笑い、群衆の中を押し進みはじめた」（三〇八頁）とあるように、刷り込まれた金言を半ば茶化しながら勇敢にそして大らかに行動する。ヘルムホルツが見せる様々な寛容さは、安全・安心・快適で画一化された社会がもたらす不寛容性という難題を突き破る個人の自律性の象徴とも言えるだろう。

3　究極の管理社会が示す現実感

ここまで、安定した社会が形成する人間の画一性、およびそれに伴う異質な者への寛容／不寛容な態度を特定の登場人物を通してみてきた。この節では、管理の徹底がもたらす画一性や不寛容な状況について、現代社会に差し迫る危難という視点から考えてみたい。

新宗教の信者やコミューン（小規模共同社会）の成員が外部から見て無個性で画一的な人格をもつことは夙に指摘されているが、[6] この世界国家においても同様の描写が見られる。階級間の対立が生じないよう睡眠教育や条件反射教育で洗脳し、階級毎に人間が無個性で一様な存在となれば社会は安定する、というのがこの世界国家の統治者の考え方である。そしてそれは作者の皮肉に満ちたユートピアとしての世界の帰結でもある。ハクスリーは、第二次世界大戦後の一九四六年に出版された新版に新たに前書きを加えた。そこではユートピアの未来予測に関して次のような考察で締めくくっている。

もろもろ考えてみると、ユートピアはほんの一五年前にわたしが想像したよりもずっと近いところにあるように見える。［中略］はっきり言って、われわれが権力を分散し、応用科学を、人間を手段として使うためではなく、自由な諸個人からなる社会をつくるために利用する道を選ばないとすれば、与えられる選択肢は次のふたつだけだろう。ひとつは、ナショナリズムに凝り固まった軍事優先主義的、全体主義的な国々が、恐ろしい原子爆弾をみずからの基礎に据え、文明を破壊する世界（あるいは、戦争が限定的なものにとどまる場合は軍事優先主義が永続する世界）。もうひとつは、個々の国家を超越した全体主義の世界で、急速な科学技術の発達、とりわけ原子力革命から生じた社会的混乱をきっかけに現われ、効率性と安定性が追求される中で専制的福祉国家へと発達するユートピアだ。[7]

科学を有効に活用し「自由な諸個人からなる社会」を形成できなかった場合、到来しうる未来の一つはアポカリプス（終末）の世界であり、二つ目は（ハクスリーはユートピアと書いてはいるが実は）ディストピアの世界である。そしてこの「専制的福祉国家」とは、『すばらしい新世界』で描かれた社会とも重なり合うソフトな全体主義に基づいた管理社会とも言えるだろう。

哲学者の東浩紀（一九七一年–）は、この作品の想像力を参照しながら現在私たちが直面しつつある「環境管理型社会」のもたらす悪夢について論じた。[8] 環境管理型社会とは、ICカード（公共交通機関や店舗での決済システム）、監視カメラ（犯罪の捜査および抑止のシステム）、RFIDタグ（無線ICタグ、物流足跡システム）、GPS（人工衛星による位置測位システム）など、情報技術を利用して既に私たちの日常生活に深く関わる形で実現しつつあるソフトな管理社会である。東によると、近代の「規律訓練型」の権力（オーウェルの『一九八四年』にみられる権力）に対し、ポストモダンの「環境管理型」権力は、膨大な消費財と身体的欲求の肯定により人々を巧みに秩序に組み込むため、人々は管理されていることを意識しない。そして、その欲望の管理は『すばらしい新世界』で示された生化学的な方法ではなく、広告やマーケティングにより「記号的あるいは社会学的」にある程度実現可能だという。

たしかに私たちの欲望を止めどなく飲み込んで満足を与える大量消費システムがいずれは世界の破滅をもたらすのではないかとの予測は成り立つ。それは、人間が生活する環境だけではなく地球の生態系全体へのダメージから予測できることである。現在日本に生きる私たちは、世界の各国・各地域と比較して「自由な諸個人からなる社会」により近いところで暮らしているはずである。とは言え、日本は欧米のような個人主義が文化風土になじまず集団主義の傾向が強い環境ではある。地域文化に根ざした古い慣習に、あるいは現代の法や組織のルールの中で、窮屈さを感じる人々も多いかもしれない。一方で、快適な生活への志向に基づく物質的な豊かさは益々充実してきている。サービス産業を中心とした対人的なソフト面での企業活動の進展は消費者側の欲望の肥大化に呼応して止まることがない。

『すばらしい新世界』では、清潔さや心地よさを追求した様々な製品やサービスが登場するが、[9] それらの多くは既に日本社会においても類似の形で普及している。世界国家では、今の社会と同様に大量消費を前提とした経済運営の重要性が認識されている。それはフォードの神格化や下層階級の交通利用による消費促進に関する統制官モンドの言葉に表れている。したがって、こと消費活動に関連する管理の仕組みに限って言えば、ハクスリーの予言は既に実現してしまっているとも言える。しかし私たちは、その消費財の製造から廃棄の過程に組み込まれている自らの消費活動がどれほど環境への負荷を与えているのか実感できない。個人の嗜好に基づいた一見すると多様な消費活動が、実は世界の崩壊という一極へと向かう画一的な動力として作用しているかもしれないというのに。対人面での安全性と管理によって広く受容される消費財が、中長期的にみれば大崩壊につながる不安定な消費活動につながるかもしれないのである。私たちはそのような仕組みや工程を意識するしないにかかわらず、日々の生活に汲々とし、労働に疲弊し、また一時の余暇に安堵や快感を覚えている。俯瞰的に見れば、ハクスリーの描いた個人の抜け出せない悪夢と類似した管理社会の中で私たちは暮らしているのかもしれない。

結語　見えないディストピア

最後に、ディストピアとポストアポカリプスの概念を整理しつつ、『すばらしい新世界』おける人間関係とこれらの概念の関連性を示すことで本章のまとめとしたい。

ディストピア（＝アンチ・ユートピア）・フィクションは、ユートピア物語の変種であり、架空の暗黒世界を描くことで現実批判を展開する。ユートピアが現状に対する不満を示し現実の不合理性を批判するために「より合理的な対照物を提示する」のに対し、ディストピア・フィクションは「現実を論理的に処理するという形をとりつつ、その論理を無意味なグロテスクな結論にまで押し進めることによって、現実を批判する」[10]。ＳＦがしばしば現実の諷刺を含むのとも類似しており、いわば約束事としての現実参照項を作品内に見出すことができる。

ポストアポカリプス・フィクションは、前章で示したアポカリプス・フィクションの変種である。アポカリプス・フィクションが文明の崩壊過程を描くのに対し、ポストアポカリプス・フィクションはその崩壊後の世界を描く。二〇〇〇年代に入り、日本のアニメ、マンガ、ライトノベルの分野で、このポストアポカリプス型の作品が数多く登場している[11]。荒廃した世界で懸命に生きる人間を描くもの、文明社会崩壊後に局所的に出現したのどかな世界を描くものなど、終末後について様々な世界観の設定がみられる。

本作品では、「九年戦争、経済の大崩壊」（七二頁）という形で終末は既に歴史的過去となった危難として示唆されている。そのため世界国家の大半の市民にとって目前に差し迫った危機的状況は存在しない。しかし第1節でみた通り、現実離れした設定の中に逆説的に個人の自律性を脅かす現実感ある危難を見出すことはできる。現実生活での人とのつながりが希薄でソーシャルメディアなどのネットワークの中でしか孤独を解消できない人たちにとってみれば、すばらしい新世界はむしろ「動物化[12]」に身を委ね心地良い画一性の中でストレスなく生きてゆけるユートピアに映るかもしれない。本作品は戦間期の全体主義の歪みを純化させた皮肉な未来図であったが、現代社会において個人が抱える孤独や不安、あるいは社会的引きこもりなどの社会的自立が困難な状況の隠喩ともなっている。

主要参考文献

東浩紀（著）「情報自由論」（『情報環境論集　東浩紀コレクションS』講談社、二〇〇七年　所収）
新井明（著訳）『オルダス・ハックスリー』英潮社新社、一九八三年
川端香男里（著）『ユートピアの幻想』講談社学術文庫、一九九三年
オルダス・ハクスリー（著）『すばらしい新世界』黒原敏之（訳）、光文社古典新訳文庫、初版二〇一三年、第六刷二〇一七年
グレゴリー・グレイズ（著）『ユートピアの歴史』巽孝之（監訳）、小畑拓也（訳）、東洋書林、二〇一三年

作者紹介と作品概略

オルダス・ハクスリー（**一八九四**－**一九六三年**）

一八九四年英国サリー州ゴダルミングで生まれ、一九六三年にアメリカ合衆国で没した。ハクスリーは、小説家、随筆家、批評家、詩人として活動した。科学者トマス・ヘンリー・ハクスリーの孫であり、動物学者で国連教育科学文化機関（ＵＮＥＳＣＯ）初代事務局長のジュリアン・ソレル・ハクスリーは兄、生理学者でノーベル生理・医学賞受賞のアンドリュー・フィールディング・ハクスリーは異母弟である。

オルダスも理科系の才能に秀でており医学者を志していたが、一〇代半ば眼疾が悪化し失明寸前となり、文学に転じてオックスフォード大学で学んだ。雑誌の仕事をしながら詩集を出版したのち、処女小説『クローム・イエロー（*Crome Yellow*）』（一九二一年）を発表。『道化踊り（*Antic Hay*）』（一九二三年）、『恋愛対位法（*Point Counter Point*）』（一九二八年）に続き、『すばらしい新世界（*Brave New World*）』（一九三二年）で広く知られるようになった。一九三七年眼疾治療のためアメリカに渡り、翌年にはカリフォルニアに定住した。独自の眼疾治療法を創案したベイツ博士の弟子コーベット女史による治療を受け、視力は回復した。晩年は神秘思想に傾倒しつつ、メスカリンやＬＳＤなどの幻覚剤を知的探求心で医師の指導のもと服用し『知覚の扉（*The Door of Perception*）』（一九五四年）を書いた。舌がんと闘い、ハリウッド大火で自宅が全焼し原稿を失いながらも、精力的に執筆と講演を続けたが、一九六三年、寄寓先の友人宅で体調を崩し、永眠した。

『すばらしい新世界（*Brave New World*）』（一九三二年）

物語はフォード紀元六三二年の未来都市ロンドンにある「中央ロンドン孵化・条件づけセンター」ビル内の場面から始まる。所長は生徒たちに「ボカノフスキー法」で処理された人工体外受精による胎児について説明する。人間は生まれる前から各々の階級が決定されており、母親から生まれることなく、家族という社会構成要素もない「世界国家」の実情が明らかとなってゆく。「共同性（コミュニティ）・同一性（アイデンティティ）・安定性（スタビリティ）」が、世界国家の標語である。幼児期からの「睡眠教育」

により、人々は他の階級を羨むことなく、自分が属する階級と仕事に愛着をもつよう条件づけられている。激情や不安の感情は社会の秩序を脅かすため、毎日配給されるソーマという錠剤を飲むことで常に感情の安定が維持されている。この世界に、偶然連れてこられたジョン＝サヴェジ（野蛮人）は、文明社会の素晴らしさに初めは驚嘆するが、徐々に画一的な人々のあり方に疑問をもつようになり、ロンドン郊外の航空灯台へと逃れる。そこで自給自足の生活を始めるが、メディアの執拗な取材や観光客の好奇の目に晒され、首を吊って自殺する。

注

〔1〕作者オルダス・ハクスリーのカタカナ名表記については、このほか「オールダス」「ハックスリー」「ハクスレー」「ハックスリィ」などがあるが、ここでは引用に使用した黒原敏之訳の表記に従った。なお、他に挙げた文献では、各著者による表記のままとしてある。

〔2〕Sybille Bedford, *Aldous Huxley: A Biography*, Vol. I (1973; London: Paladin Books, 1987), p. 244. なお、この言葉は、本作品執筆からおよそ二十五年後、ある知人への返答をその知人が手紙でベッドフォードに宛てて伝えたものである。ハクスリーは当該作品を書いていた頃の若き自分を謙遜して語ってもいたようであり、ウェルズ批判を公にしたわけではない。

〔3〕本作品の研究動向に関しては、Harold Broom: *Aldous Huxley's Brave New World*. Chelsea House Publishers. 1999.を参照。

〔4〕以下、作品本文からの引用は主要参考文献にある黒原敏之（訳）、光文社古典新訳文庫版により、文中に頁数のみ括弧で示す。

〔5〕ユートピア共同体の歴史に関しては、主要参考文献のグレゴリー・グレイズ（著）『ユートピアの歴史』第九章「共同体としてのユートピア——シェイカー信徒からヒッピーまで」を参照。

〔6〕たとえば、日本でユートピア思想を実践する農事組合法人「幸福会ヤマギシ会」の潜入ルポルタージュを著した近藤衛は、この会の成員について次のように書いている。「苦痛だったのは、食卓での会話である。村人の話題は狭く、ユーモアや批評精神は無い。きわだった個性を持つひとは皆無だった。彼らはマシュマロのようで、対人ストレスはまるで無かった。真空パックされた異空間に揺られ、ゆったりした無風状態が果てしなくつづくようだった」（近藤衛（著）『ヤマギシ会見聞録』行路社、二〇〇三年、二三〇頁）。

〔7〕「著者による新版への前書き」（『すばらしい新世界』黒原敏之（訳）、光文社古典新訳文庫、三八七—三八八頁）。

〔8〕主要参考文献の東浩紀（著）「情報自由論」第一四回「不安のインフレスパイラル（後編）」を参照。

〔9〕過剰な清潔さへの拘り、すなわち不浄性からの逃走という現代の身体文化観を本作品を通して考察した次の論文が参考になる。佐藤恵子（著）「不浄なる身体からの逃走——オルダス・ハクスリー『すばらしい新世界』再考」（東海大学『総合教育センター紀要』第二三号、二〇〇三年、三一—四三頁）。

〔10〕主要参考文献の川端香男里（著）『ユートピアの幻想』講談社学術文庫、一九九三年、二二〇頁。

〔11〕たとえば『オトナアニメ』Vol.26、洋泉社、二〇一二年、では「絶望郷（ディストピア）アニメ2012」と題した特集が組まれていて、このジャンルの作品群の充実ぶりが窺える。

〔12〕東浩紀が『動物化するポストモダン——オタクから見た日本社会』（講談社現代新書、二〇〇一年）の中で、ハン

ナ・アーレントの「動物」、アレクサンドル・コジェーヴの「動物的」という表現を受けて考察した日本のオタクの消費生活様式を指す。

著者紹介

今村 武（いまむら・たけし）
東京理科大学理工学部教授
『人間関係から読み解く文学――危難の時の人間関係』（共著）日本人間関係学会・文学と人間関係部会（編）開文社出版、2014年
『近代ドイツ文学の萌芽と展開』南窓社、2012年
『不道徳な女性の出現――独仏英米の比較文化』南窓社、2011年

内田 均（うちだ・ひとし）
横浜美術大学美術学部教授
『環境人文学の地平』（共著）白百合女子大学言語・文学研究センター（編）岩政伸治（責任編集）弘学社、2017年
『J-Pop Culture on the Net――ポップカルチャーで日本を表現』（共編著）三修社、2015年
『学際的視点からの異文化理解の諸相』（共著）金星堂、2012年

川村幸夫（かわむら・ゆきお）
東京理科大学名誉教授
The Expanding World of the Gothic: from England to America（共著）朝日出版社、2020年刊行予定
『人間関係から読み解く文学――危難の時の人間関係』（共著）日本人間関係学会・文学と人間関係部会（編）開文社出版、2014年
『アメリカ文学案内』（共著）朝日出版社、2008年

佐藤憲一（さとう・けんいち）
東京理科大学理工学部准教授
『異文化理解とパフォーマンス――Border Crossers』（共著）松田幸子・笹山敬輔・姚紅（編）春風社、2016年
『人間関係から読み解く文学――危難の時の人間関係』（共著）日本人間関係学会・文学と人間関係部会（編）開文社出版、2014年
『知の版図――知識の枠組みと英米文学』（共著）鷲津浩子・宮本陽一郎（編）悠書館、2007年

人名索引

[あ]
アルニム、アヒム・フォン（Achim von Arnim, 1781-1831）132
アンダーソン、シャーウッド（Sherwood Anderson, 1897-1962）3, 16-18, 21, 27, 31-33, 35
井上哲次郎（巽軒）（1856-1944）161, 177
ウィンズロー、エドワード（Edward Winslow, 1595-1655）108-110, 112
ウィンスロップ、ジョン（John Winsthrop, 1588-1649）77, 83-84, 91, 93, 95, 98, 101, 104-108, 110-117
ウィンスロップ、ジョン・ジュニア（John Winthrop, Jr., 1606-1676）95, 115, 117
ウェルズ、オーソン（George Orson Welles, 1915-1985）194
ウェルズ、H・G（Herbert George Wells, 1866-1946）4, 184-189, 193-194, 196, 199-200, 202, 206-207, 224
ヴォーン、ウィリアム（William Vaughn Moody, 1869-1910）77
ウルフ、ヴァージニア（Adeline Virginia Woolf, 1882-1941）52, 187, 202
ウルフ、トーマス（Thomas Clayton Wolfe, 1900-1938）33
エドワーズ、ジョナサン（Jonathan Edwards, 1703-1758）77, 91
オーウェル、ジョージ（George Orwell / Eric Arthur Blair, 1903-1950）206, 218
オバマ、バラク（Barack Hussein Obama II, 1961-）84

[か]
カーヴァー、レイモンド（Raymond Clevie Carver Jr. 1938-1988）33
キャプテン・ジョン・スミス（John Smith, 1580-1631）77
キャントリル、ハドリー（Hudley Cantril, 1906-1969）194-195, 199, 203
グリム、ヴィルヘルム（Wilhelm Grimm, 1786-1859）4, 120-125, 128-136
グリム、ヤーコプ（Jacob Grimm, 1785-1863）4, 120-125, 128-136
ゲッヒハウゼン、ルイーゼ・フォン（Luise von Göchhausen, 1752-1807）144
ゲーテ、ヨハン・ヴォルフガング・フォン（Johann Wolfgang von Goethe, 1749-1832）3-4, 120, 137-140, 143-145, 150-152, 155-157, 160, 162-163, 165, 169-172, 174, 178-181
ゲーテ、ヨハン・カスパール（Johann Caspar Goethe, 1710-1782）139
ケネディ、ジョン・F（John Fitzgerald Jack Kennedy, 1917-1963）84
ゴールズワージー、ジョン（John Galsworthy, 1867-1933）187
コロンブス（Christopher Columbus,

1451-1506）74, 77

[さ]

ザミャーチン、エヴゲーニイ（Евге́ний Ива́нович Замя́тин, 1884-1937）206
サルトル、ジャン=ポール（Jean-Paul Sartre, 1950-1980）39
シェイクスピア、ウィリアム（William Shakespeare, 1564-1616） 51, 85, 209
スタインベック、ジョン（John Ernst Steinbeck, 1902-1968）33
スピルバーグ、スティーブン（Steven Allan Spielberg, 1946-）196, 199

[た]

ダーウィン、チャールズ（Charles Robert Darwin, 1809-1882）91, 200
ダンテ 160
トウェイン、マーク（Mark Twain / Samuel Langhorne Clemens, 1835-1910）33
トランプ、ドナルド（Donald John Trump, 1946- ）70

[は]

ハクスリー、オルダス（Aldous Leonard Huxley, 1894-1963）4-5, 184, 200, 205-207, 210-211, 217-220, 222, 224-225
パトリック、ダニエル（Daniel Patrick; ?-1642）104-114
ファウスト、ヨハン・ゲオルク（Johann Georg Faust, wohl etwa 1480-1541） 4, 120, 137-156, 160-165, 167, 171-172, 174, 177-181
フィッツジェラルド、スコット（Scott f. Fitzgerald, 1896-1940）70
フォークナー、ウィリアム（William Cuthbert Faulkner, 1897-1962） 3, 16, 33, 37-41, 43, 47, 50-53, 67
ブッフ、シャルロッテ（Charlotte Sophie Henriette Buff, 1753-1828）145
ブラッドフォード、ウィリアム（William Bradford,1590-1657） 77, 91, 93-94, 98, 101
フランクリン、ベンジャミン（Benjamin Franklin, 1706-1790）91-93, 95
ブラント、ズザンナ・マルガレータ（Susanna Margaretha Brandt, 1746-1772）146, 165
ブリオン、フリーデリケ（Friederike Elisabeth Brion, 1752-1813） 145, 165
ブレンターノ、クレメンス・ヴェンツェスラウス（Clemens Wenzeslaus Brentano de La Roche, 1778-1842）132
フロイト、ジークムント（Sigmund Freud, 1856-1939）127
フンパーディンク、エンゲルベルト（Engelbert Humperdinck, 1854-1921）125
ベネット、アーノルド（Enoch Arnold Bennett, 1867-1931）187, 202
ヘミングウェイ、アーネスト（Ernest Miller Hemingway, 1899-1961）

33, 50, 52
ホーソーン、ナサニエル（Nathaniel Hawthorne, 1804-1864）88

[ま]

マーロウ（Christopher Marlowe, 1564-1593）139
ミル、ジョン・スチュアート（John Stuart Mill, 1806-1873）85, 206
ミルトン、ジョン（John Milton, 1608-1674）85, 206
メイソン、ジョン（John Mason, 1586-1635）108-110, 112
メルヴィル、ハーマン（Herman Melville, 1819-1891）88
モア、トマス（Thomas More, 1478-1535）206, 225
森 鷗外（森林太郎）（1862-1922） 4, 120, 139-140, 152, 155, 159-164, 166, 168, 170, 172, 175-181

[や]

ユング、カール・グスタフ（Carl Gustav Jung, 1875-1961）127

[ら]

リンカーン、エイブラハム（Abraham Lincoln, 1809-1865）35, 53
レーガン、ロナルド（Ronald Wilson Reagan, 1911-2004）84
レンツ、ヤーコプ・ミヒャエル・ラインホールト（Jakob Michael Reinhold Lenz, 1751-1792）169-170, 180
ロフツ、ノラ（Norah Lofts, 1904-83）3, 16, 55-56, 66-68

作成　今村 武・岡田幸一

救《すく》いと寛容《かんよう》の文学《ぶんがく》――ゲーテからフォークナーまで

二〇一九年九月八日 初版発行

著者 今村《いまむら》 武《たけし》 内田《うちだ》 均《ひとし》 川村《かわむら》 幸夫《ゆきお》 佐藤《さとう》 憲一《けんいち》

発行者 三浦衛

発行所 春風社 Shumpusha Publishing Co.,Ltd.

横浜市西区紅葉ヶ丘五三 横浜市教育会館三階

〈電話〉〇四五・二六一・三一六八 〈FAX〉〇四五・二六一・三一六九

〈振替〉〇〇二〇〇・一・三七五二四

http://www.shumpu.com ✉ info@shumpu.com

装丁 桂川 潤

印刷・製本 シナノ書籍印刷株式会社

乱丁・落丁本は送料小社負担でお取り替えいたします。

ISBN 978-4-86110-654-5 C0098 ¥3500E